William Shakespeare

Le Songe d'une nuit d'été

comédie

ISBN : 978-1523255641

10 9 8 7 6 5 4 3 2 1

William Shakespeare

Le Songe d'une nuit d'été

comédie

Table de Matières

Notice sur le Songe d'une nuit d'été

Le *Songe d'une nuit d'été* peut être regardé comme le pendant de la *Tempête*. C'est encore ici une pièce de féerie, où l'imagination semble avoir été le seul guide de Shakspeare. Aussi, pour la juger, faut-il ne pas oublier son titre et se livrer au caprice du poëte, qui a dû sentir lui-même tout ce qu'aurait de choquant pour un esprit méthodique et froid le mélange bizarre de la mythologie ancienne et de la mythologie moderne, le transport rapide du spectateur d'un monde réel dans un monde fantastique, et de celui-ci dans l'autre. La *Vie de Thésée*, dans Plutarque, et deux contes de Chaucer, ont peut-être fourni à Shakspeare quelques traits de son ouvrage, mais l'imitation y est très-difficile à reconnaître.

On préfère généralement la *Tempête* au *Songe d'une nuit d'été*. Le seul Schlegel semble pencher pour cette dernière pièce ; Hazzlitt n'est point de son avis, mais il ajoute que si la *Tempête* est une meilleure pièce, le *Songe* est un poëme supérieur à la *Tempête*. On trouve, en effet, dans le *Songe*, une foule de détails et de descriptions remarquables par le charme des vers, la richesse et la fraîcheur des images : « La lecture de cette pièce, dit Hazzlitt, ressemble à une promenade dans un bosquet, à la clarté de la lune. »

Mais est-il rien de plus poétique que le caractère de Miranda et la pureté de ses amours avec Ferdinand ? Ariel aussi l'emporte de beaucoup sur Puck, qui est l'Ariel du *Songe d'une nuit d'été*, mais qui en diffère essentiellement par son caractère, quoique ces deux personnages aériens aient entre eux tant de ressemblance par leurs fonctions et les situations où ils se trouvent. Ariel, dit encore le critique que nous avons cité tout à l'heure, Ariel est un ministre de vengeance qui est touché de pitié pour ceux qu'il punit ; Puck est un esprit étourdi, plein de légèreté et de malice, qui rit de ceux qu'il égare : « Que ces mortels sont fous ! » Ariel fend l'air et exécute sa mission avec le zèle d'un messager ailé ; Puck est porté par la brise comme le duvet brillant des plantes.

Prospéro et tous ses esprits sont des moralistes ; mais avec Obéron et ses fées nous sommes lancés dans le royaume des papillons.

William Shakespeare

Il est étonnant que Shakspeare soit considéré non-seulement par les étrangers, mais par plusieurs des critiques de sa nation, comme un écrivain sombre et terrible qui ne peignit que des gorgones, des hydres et d'effrayantes chimères. Il surpasse tous les écrivains dramatiques par la finesse et la subtilité de son esprit ; tellement qu'un célèbre personnage de nos jours disait qu'il le regardait plutôt comme un métaphysicien que comme un poëte.

Il paraît que, dans cette pièce, Shakspeare avait pour but de faire la caricature d'une troupe de comédiens rivale de la sienne, et peut-être de tous ces artistes amateurs chez qui le goût du théâtre est une passion souvent ridicule.

Le caractère de Bottom est un des plus comiques de Shakspeare ; Hazzlitt l'appelle le plus romanesque des artisans, et observe à son sujet ce qu'on a dit plusieurs fois, c'est que les caractères de Shakspeare sont toujours fondés sur les principes d'une physiologie profonde. Bottom, qui exerce un état sédentaire, est représenté comme suffisant, sérieux et fantasque. Il est prêt à tout entreprendre, comme si tout lui était aussi facile que le maniement de sa navette. Il jouera, si on veut, le tyran, l'amant, la dame, le lion, etc., etc.

Snug, le menuisier, est le philosophe de la pièce ; il procède en toute chose avec mesure et prudence. Vous croyez le voir, son équerre et son compas à la main : « Avez-vous par écrit le rôle du lion ? si vous l'avez, donnez-le moi, je vous prie, car j'ai la mémoire paresseuse. – Vous pouvez l'improviser, dit Quince, car il ne s'agit que de rugir. »

Starveling, le tailleur, est pour la paix, et ne veut pas de lion ni de glaive hors du fourreau : « Je crois que nous ferons bien de laisser la tuerie quand tout sera fini. »

Starveling cependant ne propose pas ses objections lui-même, mais il appuie celles des autres, comme s'il n'avait pas le courage d'exprimer ses craintes sans être soutenu et excité à le faire. Ce serait aller trop loin que de supposer que toutes ces différences caractéristiques sont faites avec intention, mais heureusement elles existent dans les créations de Shakspeare comme dans la nature.

Les caractères dramatiques et les caractères grotesques sont placés par lui dans le même tableau avec d'autant plus d'art que l'art ne s'aperçoit nullement. Oberon, Titania, Puck, et tous les êtres impalpables de Shakspeare, sont aussi vrais dans leur nature fantastique que les personnages dont la vie réelle a fourni le modèle au poëte.

Suivant Malone, le *Songe d'une nuit d'été* aurait été composé en 1592 : c'est une des pièces de la jeunesse de Shakspeare ; aussi a-t-elle toute la fraîcheur et le coloris d'un tableau de cet âge des rêves poétiques.

Personnages

THÉSÉE, *duc d'Athènes*.
ÉGÉE, *père d'Hermia*.
LYSANDRE, DÉMÉTRIUS, *amoureux d'Hermia*.
PHILOSTRATE, *ordonnateur des fêtes de Thésée*.
QUINCE, *charpentier*.
BOTTOM, *tisserand*.
FLUTE, *marchand de soufflets*.
SNOUT, *chaudronnier*.
SNUG, charpentier.
STARVELING, *tailleur*.
HIPPOLYTE, *reine des Amazones, fiancée à Thésée*.
HERMIA, *fille d'Égée, amoureuse de Lysandre*.
HÉLÈNE, *amoureuse de Démétrius*.
OBERON, *roi des fées*.
TITANIA, *reine des fées*.[1]

---

1 Les personnages d'Oberon et de Titania étaient connus avant Shakspeare, mais ils sont devenus, dans la pièce, des personnages originaux. Shakspeare est pour la mythologie des fées, en Angleterre, ce qu'était Homère pour celle de l'Olympe. Peut-être Chaucer aurait-il droit de partager cette gloire avec lui, mais ce poëte est oublié même de ses compatriotes, à cause de la vétusté de son langage.
Titania était aussi appelée la reine *Mab* ; et *Puck* ou *Hobgoblin*, connu encore de nos jours dans les trois royaumes sous le nom de *Robin good fellow* était le serviteur

PUCK, ou ROBIN BON DIABLE, *lutin.*
FLEUR-DE-POIS (Pea's-Blossom), TOILE D'ARAIGNÉE
(Cobweb), PAPILLON (Moth), GRAIN DE MOUTARDE
(*Mustard-Seed*), *fées.*
PYRAME, THISBÉ, LA MURAILLE, LE CLAIR DE LUNE, LE
LION, *personnages de l'intermède.*
FÉES DE LA SUITE DU ROI ET DE LA REINE.
SUITE DE THÉSÉE ET D'HIPPOLYTE.

La scène est dans Athènes et dans un bois voisin.

ACTE PREMIER

SCÈNE I
*La scène représente un appartement du palais de Thésée, dans
Athènes.*
THÉSÉE, HIPPOLYTE, PHILOSTRATE, suite.

THÉSÉE. – Belle Hippolyte, l'heure de notre hymen s'avance à
grands pas : quatre jours fortunés amèneront une lune nouvelle ;
mais que l'ancienne me semble lente à décroître ! Elle retarde l'objet
de mes désirs, comme une marâtre, ou une douairière, qui puise
longtemps dans les revenus du jeune héritier.

HIPPOLYTE. – Quatre jours seront bientôt engloutis dans la
nuit, et quatre nuits auront bientôt fait couler le temps comme un
songe ; et alors la lune, comme un arc d'argent nouvellement tendu
dans les cieux, éclairera la nuit de nos noces.

THÉSÉE. – Allez, Philostrate ; excitez la jeunesse athénienne à se
divertir ; réveillez les esprits vifs et légers de la joie ; renvoyez aux
funérailles la mélancolie : cette pâle compagne n'est pas faite pour

---

spécialement attaché à Oberon, et chargé de découvrir les intrigues de la reine.
On prétend que *Puck* est un vieux mot gothique qui veut dire Satan. Cet esprit
est regardé comme très-malicieux et enclin à troubler les ménages. Si l'on n'avait
pas soin de laisser une tasse de crème ou de lait caillé pour Robin, le lendemain le
potage était brûlé, le beurre ne pouvait pas prendre, etc., etc. C'était sa récompense
pour la peine qu'il prenait de balayer la maison à minuit et de moudre la moutarde.

notre fête. *(Philostrate sort.)* Hippolyte[1], je t'ai fait la cour l'épée à la main, j'ai conquis ton cœur par les rigueurs de la guerre ; mais je veux t'épouser sous d'autres auspices, au milieu de la pompe, des triomphes et des fêtes.

(Entrent Égée, Hermia, Lysandre et Démétrius.)

ÉGÉE. – Soyez heureux, Thésée, notre illustre duc !

THÉSÉE. – Je vous rends grâces, bon Égée : quelles nouvelles nous annoncez-vous ?

ÉGÉE. – Je viens, le cœur plein d'angoisses, me plaindre de mon enfant, de ma fille Hermia. – Avancez, Démétrius. – Mon noble prince, ce jeune homme a mon consentement pour l'épouser. – Avancez, Lysandre. Et celui-ci, mon gracieux duc, a ensorcelé le cœur de mon enfant. C'est toi, c'est toi, Lysandre, qui lui as donné des vers et qui as échangé avec ma fille des gages d'amour. Tu as, à la clarté de la lune, chanté sous sa fenêtre, avec une voix trompeuse, des vers d'un amour trompeur : tu as surpris son imagination avec des bracelets de tes cheveux, avec des bagues, des bijoux, des hochets, des colifichets, des bouquets, des friandises, messagers d'un ascendant puissant sur la tendre jeunesse ! Tu as dérobé avec adresse le cœur de ma fille, et changé l'obéissance qu'elle doit à son père en un âpre entêtement. Ainsi, gracieux duc, dans le cas où elle oserait refuser ici devant Votre Altesse de consentir à épouser Démétrius, je réclame l'ancien privilége d'Athènes. Comme elle est à moi, je puis disposer d'elle ; et ce sera pour la livrer à ce jeune homme ou à la mort, en vertu de notre loi[2], qui a prévu expressément ce cas.

THÉSÉE. – Que répondez-vous, Hermia ? Charmante fille, pensez-y bien. Votre père devrait être un dieu pour vous : c'est lui qui a formé vos attraits : vous n'êtes à son égard qu'une image de cire, qui a reçu de lui son empreinte ; et il est en sa puissance de laisser

1 Allusion à la victoire de Thésée sur les Amazones. Hippolyte, que d'autres appellent Antiope, avait été emmenée captive par le vainqueur.

2 Par une loi de Solon, les pères exerçaient sur leurs enfants un droit de vie et de mort.

William Shakespeare

subsister la figure, ou de la briser. – Démétrius est un digne jeune homme.

HERMIA. – Lysandre aussi.

THÉSÉE. – Il est par lui-même plein de mérite ; mais, dans cette occasion, faute d'avoir l'agrément de votre père, c'est l'autre qui doit avoir la préférence.

HERMIA. – Je voudrais que mon père pût seulement voir avec mes yeux.

THÉSÉE. – C'est plutôt à vos yeux de voir avec le jugement de votre père.

HERMIA. – Je supplie Votre Altesse de me pardonner. Je ne sais pas par quelle force secrète je suis enhardie, ni à quel point ma pudeur peut être compromise, en ici mes sentiments en votre présence. Mais je conjure Votre Altesse de me faire connaître ce qui peut m'arriver de plus funeste, dans le cas où je refuserais d'épouser Démétrius.

THÉSÉE. – C'est, ou de subir la mort, ou de renoncer pour jamais à la société des hommes. Ainsi, belle Hermia, interrogez vos inclinations, considérez votre jeunesse, consultez votre cœur ; voyez si, n'adoptant pas le choix de votre père, vous pourrez supporter le costume d'une religieuse, être à jamais enfermée dans l'ombre d'un cloître pour y vivre en sœur stérile toute votre vie, chantant des hymnes languissants à la froide et stérile lune. Trois fois heureuses, celles qui peuvent maîtriser assez leur sang, pour supporter ce pèlerinage des vierges : mais plus heureuse est sur la terre la rose distillée que celle qui, se flétrissant sur son épine virginale, croît, vit, et meurt dans un bonheur solitaire.

HERMIA. – Je veux croître, vivre et mourir comme elle, mon prince, plutôt que de céder ma virginité à l'empire d'un homme dont il me répugne de porter le joug, et dont mon cœur ne consent point à reconnaître la souveraineté.

ACTE PREMIER

THÉSÉE. – Prenez du temps pour réfléchir ; et à la prochaine nouvelle lune, jour qui scellera le nœud d'une éternelle union entre ma bien-aimée et moi, ce jour-là même, préparez-vous à mourir, pour votre désobéissance à la volonté de votre père ; ou bien à épouser Démétrius, comme il le désire ; ou enfin à prononcer, sur l'autel de Diane, le vœu qui consacre à une vie austère et à la virginité.

DÉMÉTRIUS. – Fléchissez, chère Hermia. – Et vous, Lysandre, cédez votre titre imaginaire à mes droits certains.

LYSANDRE. – Vous avez l'amour de son père, Démétrius, épousez-le ; mais laissez-moi l'amour d'Hermia.

ÉGÉE. – Dédaigneux Lysandre ! C'est vrai, il a mon amour ; et mon amour lui fera don de tout ce qui m'appartient : elle est mon bien, et je transmets tous mes droits à Démétrius.

LYSANDRE. – Mon prince, je suis aussi bien né que lui ; aussi riche que lui, et mon amour est plus grand que le sien : mes avantages peuvent être égalés sur tous les points à ceux de Démétrius, s'ils n'ont pas même la supériorité ; et, ce qui est au-dessus de toutes ces vanteries, je suis aimé de la belle Hermia. Pourquoi donc ne poursuivrais-je pas mes droits ? Démétrius, je le lui soutiendrai en face, a fait l'amour à la fille de Nédar, à Hélène, et il a séduit son cœur ; elle, pauvre femme, adore passionnément, adore jusqu'à l'idolâtrie cet homme inconstant et coupable.

THÉSÉE. – Je dois convenir que ce bruit est venu jusqu'à moi, et que j'avais l'intention d'en parler à Démétrius ; mais surchargé de mes affaires personnelles, cette idée s'était échappée de mon esprit. – Mais venez, Démétrius ; et vous aussi, Égée, vous allez me suivre. J'ai quelques instructions particulières à vous donner. – Quant à vous, belle Hermia, voyez à faire un effort sur vous-même pour soumettre vos penchants à la volonté de votre père ; autrement, la loi d'Athènes, que nous ne pouvons adoucir par aucun moyen, vous oblige à choisir entre la mort et la consécration à une vie solitaire. – Venez, mon Hippolyte. Comment vous trouvez-vous, ma bien-aimée ? – Démétrius, et vous, Égée, suivez-nous. J'ai besoin

William Shakespeare

de vous pour quelques affaires relatives à notre mariage ; et je veux conférer avec vous sur un sujet qui vous intéresse vous-mêmes personnellement.

ÉGÉE. – Nous vous suivons, prince, avec respect et plaisir.

(Thésée et Hippolyte sortent avec leur suite ; Démétrius et Égée les accompagnent.)

LYSANDRE. – Qu'avez-vous donc, ma chère ? Pourquoi cette pâleur sur vos joues ? quelle cause a donc si vite flétri les roses ?

HERMIA. – Apparemment le défaut de rosée, qu'il me serait aisé de leur prodiguer de mes yeux gonflés de larmes.

LYSANDRE. – Hélas ! j'en juge par tout ce que j'ai lu dans l'histoire, par tout ce que j'ai entendu raconter, jamais le cours d'un amour sincère ne fut paisible. Mais tantôt les obstacles viennent de la différence des conditions…

HERMIA. – Oh ! quel malheur, quand on est enchaîné à quelqu'un de plus bas que soi !

LYSANDRE. – Tantôt les cœurs sont mal assortis à cause de la différence des années…

HERMIA. – Ô douleur ! quand la vieillesse est unie à la jeunesse.

LYSANDRE. – Tantôt c'est le choix de nos amis qui contrarie l'amour…

HERMIA. – Oh ! c'est un enfer, de choisir l'objet de son amour par les yeux d'autrui.

LYSANDRE. – Ou, s'il se trouvait de la sympathie dans le choix, la guerre, la mort ou la maladie, sont venues l'assaillir et le rendre momentané comme un son, rapide comme une ombre, court comme un songe, passager comme l'éclair qui, au milieu d'une nuit sombre, découvre, dans un clin d'œil, le ciel et la terre ; et avant que l'homme ait eu le temps de dire : Voyez ! le gouffre de ténèbres l'a englouti. C'est ainsi que tout ce qui brille est prompt à disparaître.

HERMIA. – Si les vrais amants ont toujours été traversés, c'est un arrêt du destin ; apprenons donc à le subir avec patience, puisque c'est un revers commun, et aussi inséparable de l'amour que les pensées, les songes, les désirs et les larmes, accompagnement indispensable de nos pauvres penchants.

LYSANDRE. – Sage conseil ! Écoute-moi donc, Hermia : j'ai une tante qui est veuve, douairière, possédant une immense fortune, et qui n'a point d'enfants. Sa maison est éloignée d'Athènes de sept lieues ; elle me regarde comme son fils unique. Là, chère Hermia, je peux t'épouser, et la dure loi d'Athènes ne peut nous y poursuivre. Ainsi, si tu m'aimes, dérobe-toi de la maison de ton père demain dans la nuit, et dans le bois, à une lieue hors de la ville, au même endroit où je te rencontrai une fois avec Hélène, allant rendre votre culte à l'aurore de mai : là, je te promets de t'attendre.

HERMIA. – Mon cher Lysandre, je te jure, par l'arc le plus fort de l'Amour, par la plus sûre de ses flèches dorées, par la douce candeur des colombes de Vénus, par les nœuds secrets qui enchaînent les âmes et font prospérer les amours ; par les feux dont brûla la reine de Carthage, lorsqu'elle vit le perfide Troyen mettre à la voile[1] ; par tous les serments que les hommes ont violé, plus nombreux que n'ont jamais été ceux des femmes, au lieu même que tu viens de m'assigner, demain, sans faute, j'irai te rejoindre.

LYSANDRE. – Tiens ta promesse, ma bien-aimée. – Regarde, voici Hélène qui vient.

---

1 Shakspeare oublie que Thésée a fait ses exploits avant la guerre de Troie, et par conséquent longtemps avant la mort de Didon. STEEVENS.
Mais le duc Thésée de Shakspeare est-il bien le Thésée de la mythologie ? Je crois que Shakspeare ne s'est pas trop inquiété du temps où avait pu vivre celui-ci. Le sien est un duc d'Athènes qui aurait aussi bien figuré comme duc de Bourgogne ; pourtant il y a dans cette pièce tant d'autres allusions mythologiques qu'il faut bien croire à l'anachronisme.

William Shakespeare

(Hélène entre.)

HERMIA. – Dieu vous accompagne, belle Hélène ! Où allez-vous ainsi ?

HÉLÈNE. – Vous m'appelez belle ? Ah ! rétractez ce mot de belle. Démétrius aime votre beauté ; ô heureuse beauté ! vos yeux sont des étoiles polaires ; et la douce mélodie de votre voix est plus harmonieuse que le chant de l'alouette à l'oreille du berger, lorsque les blés sont verts, et que l'aubépine commence à montrer les boutons de ses fleurs. La maladie est contagieuse. Oh ! que n'en est-il ainsi des charmes ! je m'emparerais des vôtres, belle Hermia, avant de vous quitter. Mon oreille saisirait votre voix ; mes yeux vos regards, et ma langue ravirait le doux accent de la vôtre. Si l'univers était à moi, je le donnerais tout entier, excepté Démétrius, pour changer de formes avec vous. Oh ! enseignez-moi la magie de vos yeux, et par quel art vous gouvernez les mouvements du cœur de Démétrius.

HERMIA. – Je le regarde d'un air fâché, et cependant il m'aime toujours.

HÉLÈNE. – Oh ! si vos regards courroucés pouvaient apprendre leur secret à mes sourires !

HERMIA. – Je le maudis, et cependant il me rend en retour son amour.

HÉLÈNE. – Oh ! si mes prières pouvaient éveiller en lui pareille tendresse !

HERMIA. – Plus je le hais, plus il s'obstine à me suivre.

HÉLÈNE. – Plus je l'aime, plus il me hait.

HERMIA. – Sa folle passion, chère Hélène, n'est point ma faute.

HÉLÈNE. – Non : ce n'est que la faute de votre beauté. Ah ! plût au ciel que cette faute fût la mienne !

HERMIA. – Consolez-vous, il ne verra plus mon visage. Lysandre et moi, nous voulons fuir de cette ville. – Avant le jour où je vis Lysandre, Athènes me semblait un paradis. Oh ! quel charme émane donc de mon amant, pour avoir ainsi changé un ciel en enfer ?

LYSANDRE. – Hélène, nous allons vous ouvrir nos âmes. Demain dans la nuit, quand Phébé contemplera son front d'argent dans l'humide cristal, et parera de perles liquides le gazon touffu, heure qui cache toujours la fuite des amants, nous avons résolu de franchir furtivement les portes d'Athènes.

HERMIA. – Et dans les bois, où souvent vous et moi nous avions coutume de reposer sur un lit de molles primevères, épanchant dans le sein l'une de l'autre les doux secrets de nos cœurs : c'est là, que nous devons nous trouver, mon Lysandre et moi, afin de partir, en détournant pour jamais nos yeux d'Athènes pour chercher de nouveaux amis et une société étrangère. Adieu ! chère compagne de mes jeux, prie pour nous, et que le sort favorable t'accorde enfin ton Démétrius. – Lysandre, tiens ta parole ; il faut priver nos yeux de l'aliment des amants, jusqu'à demain dans la nuit profonde.

(Hermia sort.)

LYSANDRE. – Oui, mon Hermia. – Hélène, adieu ! Puisse Démétrius vous adorer autant que vous l'adorez !

(Lysandre sort.)

HÉLÈNE. – Combien certains mortels sont plus heureux que d'autres ! Je passe dans Athènes pour être aussi belle qu'elle. Mais que m'importe ? Démétrius n'en pense pas de même : il ne saura jamais ce que tout le monde sait, excepté lui. Comme il se trompe en adorant les yeux d'Hermia, je me trompe moi-même en admirant son mérite. L'amour peut transformer les objets les plus vils, le néant même, et leur donner de la grâce et du prix. L'amour ne voit pas avec les yeux, mais avec l'âme ; et voilà pourquoi l'ailé Cupidon est peint aveugle ; l'âme de l'amour n'a aucune idée de jugement : des ailes, et point d'yeux, voilà l'emblème d'une précipitation inconsidérée ; et c'est parce qu'il est si souvent trompé dans son choix, qu'on dit que l'Amour est un enfant. Comme les folâtres enfants se parjurent dans leurs jeux, l'enfant amour se parjure en tous lieux. Avant que Démétrius eût vu les yeux d'Hermia, il pleuvait de sa bouche une grêle de serments, pour attester qu'il n'était qu'à moi seule ; mais à peine cette grêle a-t-elle reçu la chaleur d'Hermia que ses serments se sont dissous et fondus en pluie. Je vais aller lui annoncer la fuite de la belle : il ira demain dans la nuit la poursuivre au bois ; et si j'obtiens quelques remerciements pour cet avis, il lui en coûtera beaucoup ; mais je veux du moins consoler ma peine par sa vue en ce lieu, et m'en retourner ensuite.

(Elle sort.)

SCÈNE II
Une chambre dans une chaumière
QUINCE, SNUG, BOTTOM, FLUTE, SNOUT, et STARVELING.

QUINCE. – Toute notre troupe est-elle ici ?

BOTTOM. – Vous feriez mieux de les appeler tous l'un après l'autre, suivant la liste.

QUINCE. – Voici le rouleau où sont écrits les noms de tous les acteurs d'Athènes qui ont été jugés dignes de jouer dans notre intermède devant le duc et la duchesse, le soir de leurs noces.

BOTTOM. – Avant tout, bon Pierre Quince, dites-nous le sujet de la pièce ; ensuite, lisez les noms des acteurs, et arrivons ainsi au point principal.

QUINCE. – Eh bien, notre pièce, c'est *la très-lamentable comédie, et la tragique mort de Pyrame et Thisbé*[1].

---

1 « Trait de ridicule contre le titre courant de la tragédie de *Cambyse*, par Preston, ou de la *Campaspe* de Lilles. » STEEVENS.

BOTTOM. – Une bonne pièce, vraiment, je vous assure, et bien gaie. – Allons, cher Pierre Quince, appelez vos acteurs suivant la liste. – Messieurs, rangez-vous.

QUINCE. – Que chacun réponde à son nom. *Nick Bottom, tisserand.*

BOTTOM. – Présent : nommez le rôle qui m'est destiné, et poursuivez.

QUINCE. – Vous, Nick Bottom, vous êtes inscrit pour le rôle de Pyrame.

BOTTOM. – Qu'est-ce qu'il est, ce Pyrame ? un amant, ou un tyran ?

QUINCE. – Un amant qui se tue par amour le plus bravement du monde.

BOTTOM. – Ce rôle demandera quelques larmes dans l'exécution. Si c'est moi qui le fais, que l'auditoire tienne bien ses yeux : je ferai rage, et je saurai gémir comme il faut. *(Aux autres.)* Cependant mon goût principal est pour les rôles de tyran : je pourrais jouer Hercule à ravir, et le rôle de Déchire-Chat[1], à tout rompre :

> Les rocs en furie,
> Avec un choc frémissant,
> Briseront les verrous
> Des portes des cachots ;
> Et le char de Phébus
> Brillera de loin,
> Et fera et défera
> Les destins insensés[2].

Cela était sublime ! – Allons, nommez les autres acteurs. – Ceci

---

1 « Dans une vieille comédie, *la Fille rugissante*, il y a un personnage nommé Déchire-Chat. » STEEVENS.

2 « Fragment ampoulé tiré de quelque pièce du temps. » THÉOBALD.

William Shakespeare

est le ton d'Hercule, le ton d'un tyran ; l'accent d'un amant est plus plaintif.

QUINCE. – *François Flute, raccommodeur de soufflets.*

FLUTE. – Ici, Pierre Quince.

QUINCE. – Il faut que vous vous chargiez du rôle de Thisbé.

FLUTE. – Qu'est-ce que c'est que Thisbé ? un chevalier errant ?

QUINCE. – C'est la beauté que Pyrame doit aimer.

FLUTE. – Non vraiment, ne me faites pas jouer le rôle d'une femme ; j'ai de la barbe qui me vient.

QUINCE. – Cela est égal ; vous le jouerez sous le masque, et vous pourrez faire la petite voix tant que vous voudrez[1].

BOTTOM. – Si je peux cacher mon visage sous le masque, laissez-moi jouer aussi le rôle de Thisbé ; vous verrez que je saurai extraordinairement bien faire la petite voix : Thisbé ! Thisbé ! – Ah ! Pyrame, mon cher amant ! ta chère Thisbé, ta chère bien-aimée !

QUINCE. – Non, non ; il faut que vous fassiez Pyrame, et vous, Flute, Thisbé.

BOTTOM. – Allons, continuez.

QUINCE. – Robin Starveling, le tailleur.

STARVELING. – Ici, Pierre Quince.

QUINCE. – Robin Starveling, vous jouerez le rôle de la mère de Thisbé. – *Thomas Snout, le chaudronnier.*

SNOUT. – Me voici, Pierre Quince.

1 Du temps de Shakspeare, les hommes remplissaient encore les rôles de femme.

QUINCE. – Vous, le rôle du père de Pyrame ; et moi, celui du père de Thisbé. – *Snug, le menuisier,* vous ferez le lion. – Et voilà, j'espère, une pièce bien distribuée.

SNUG. – Avez-vous là le rôle du lion par écrit ? Si vous l'avez, donnez-le-moi, je vous prie, car j'ai la mémoire lente.

QUINCE. – Oh ! vous pourrez le faire impromptu ; car il ne s'agit que de rugir.

BOTTOM. – Oh ! laissez-moi jouer le lion aussi ; je rugirai si bien que ce sera plaisir de m'entendre ; je rugirai si bien que je ferai dire au duc : Qu'il rugisse encore ! qu'il rugisse encore !

QUINCE. – Si vous alliez faire votre rôle d'une manière trop terrible, vous épouvanteriez la duchesse et les dames, au point de les faire crier de frayeur ; et c'en serait assez pour nous faire tous pendre.

TOUS ENSEMBLE. – Cela ferait pendre tous les fils de nos mères ?

BOTTOM. – Je vous accorde, mes amis, que si vous épouvantiez les dames au point de leur faire perdre l'esprit, elles ne se feraient pas un scrupule de nous pendre. Mais je vous promets de grossir ma voix, de façon à rugir avec le doux murmure d'une jeune colombe ; oui, je rugirai de façon à ce que vous croyiez entendre un rossignol.

QUINCE. – Vous ne pouvez absolument faire d'autre rôle que Pyrame ; car Pyrame est un homme d'une aimable figure, un homme bien fait comme on en peut voir dans un jour d'été, un très-aimable et charmant cavalier : ainsi, vous voyez bien qu'il est nécessaire que vous fassiez Pyrame.

BOTTOM. – Allons ! je m'en chargerai. Quelle est la barbe qui siéra le mieux pour le jouer ?

William Shakespeare

QUINCE. – Eh ! celle que vous voudrez.

BOTTOM. – Je l'exécuterai avec votre barbe paille, ou avec la barbe orange, avec la rouge, ou avec votre barbe couleur de tête française, celle d'un jaune parfait.

QUINCE. – Il y a pas mal de vos têtes françaises qui n'ont pas un cheveu ; vous feriez donc votre rôle sans barbe[1] ? – Mais, allons, messieurs, voilà vos rôles ; et je dois vous prier, vous recommander, vous supplier de les bien apprendre. Demain soir, venez me trouver dans le bois voisin du palais, à un mille de la ville, au clair de la lune : là, nous ferons notre répétition ; car si nous nous assemblons dans la ville, nous aurons à nos trousses une foule de curieux, et tout notre plan sera connu. En attendant, je vais dresser la liste des préparatifs dont notre pièce a besoin. Je vous prie, n'allez pas manquer au rendez-vous.

BOTTOM. – Nous nous y rendrons ; et là, nous pourrons faire répétition avec plus de liberté[2] et de hardiesse. Donnez-vous de la peine, soyez parfaits. Adieu.

QUINCE. – Au chêne du duc ; c'est là notre rendez-vous.

BOTTOM. – C'est assez ; nous y serons, soit que les cordes de l'arc tiennent ou se rompent[3].

(Ils sortent.)

FIN DU PREMIER ACTE.

---

1 « Sans barbe, comme une tête attaquée du mal français reste sans cheveux (*corona Veneris*). C'était la mode de porter des barbes peintes. » JOHNSON.

2 « Avec plus de liberté, *obscenely* ; en plein air. *Obscenum est, quod intra scenam agi non oportuit.* » GRAY.

3 « Quand on assignait un rendez-vous, les soldats de milice s'excusaient souvent en disant que les cordes de leurs arcs étaient rompues, d'où le proverbe : « Tenez votre parole, que les cordes de votre arc soient rompues ou non. » WARBURTON.

ACTE DEUXIÈME

SCÈNE I

Un bois près d'Athènes.
UNE FÉE entre par une porte et PUCK par une autre.

PUCK. – Eh bien ! esprit, où errez-vous ainsi ?

LA FÉE.

Sur les coteaux, dans les vallons,
À travers buissons et ronces,
Au-dessus des parcs et des enceintes,
Au travers des feux et des eaux,
J'erre au hasard, en tous lieux,
Plus rapidement que la sphère de la lune.
Je sers la reine des fées,
J'arrose ses cercles magiques sur la verdure[1] ;
Les plus hautes primevères[2] sont ses favorites :
Vous voyez des taches sur leurs robes d'or.
Ces taches sont les rubis, les bijoux des fées,
C'est dans ces taches que vivent leurs sucs odorants.
Il faut que j'aille recueillir ici quelques gouttes de rosée,
Et que je suspende là une perle aux pétales de chaque primevère.
Adieu, esprit lourd, je te laisse.
Notre reine et toutes nos fées viendront dans un moment.

PUCK. – Le roi donne ici sa fête cette nuit : prends garde que la reine ne vienne s'offrir à sa vue ; car Oberon est outré de fureur de ce qu'elle compte dans sa suite un charmant petit garçon dérobé à un roi de l'Inde. Jamais elle n'eut un aussi joli enfant ; et le jaloux Oberon voudrait l'avoir pour en faire son page, et parcourir avec lui les vastes forêts ; mais elle retient malgré lui l'enfant chéri, le couronne de fleurs et fait de lui toute sa joie. Depuis ce moment, ils ne se rencontrent plus dans les bosquets, sur le gazon, près de

---

1 Ce sont les cercles que les fées, disait-on, traçaient sur le gazon, dont la brillante verdure provenait du soin qu'elles prenaient de l'arroser.

2 Fleur favorite des fées.

William Shakespeare

la limpide fontaine, et à la clarté des étoiles brillantes, qu'ils ne se querellent avec tant de fureur, que toutes les fées effrayées se glissent dans les coupes des glands pour s'y cacher.

LA FÉE. – Ou je me trompe bien sur votre tournure et vos façons, ou vous êtes un esprit fripon, malin, qu'on appelle Robin Bon-Diable. N'est-ce pas vous qui effrayez les jeunes filles de village, qui écrémez le lait, et quelquefois tournez le moulin à bras ? N'est-ce pas vous qui tourmentez la ménagère fatiguée de battre le beurre en vain, et qui empêchez le levain de la boisson de fermenter ? N'est-ce pas vous qui égarez les voyageurs dans la nuit, et riez de leur peine ? Mais ceux qui vous appellent Hobgoblin, aimable Puck, vous faites à ceux-là leur ouvrage, et leur portez bonne chance. Dites, n'est-ce pas vous ?

PUCK. – Vous devinez juste : je suis ce joyeux esprit errant de là-haut ; je fais rire Oberon par mes tours, lorsque, en imitant les hennissements d'une jeune cavale, je trompe un cheval gras et nourri de fèves. Quelquefois je me tapis dans la tasse d'une commère, sous la forme d'une pomme cuite ; et lorsqu'elle vient à boire, je saute contre ses lèvres, et répand sa bière sur son sein flétri ; la plus vénérable tante, en contant la plus triste histoire, me prend quelquefois pour un tabouret à trois pieds : soudain, je me glisse sous elle ; elle tombe à terre, elle crie : *tailleur*[1], et la voilà prise d'une toux convulsive ; alors toute l'assemblée se tient les côtés, éclate de rire, redouble de joie, éternue et jure que jamais on n'a passé là d'heure plus joyeuse. Mais, place, belle fée ; voici Oberon.

LA FÉE. – Ah ! voici ma maîtresse, que n'est-il parti !

SCÈNE II
OBERON entre avec sa suite par une porte, et TITANIA avec la sienne entre par l'autre.

OBERON. – Malheureuse rencontre, de te trouver au clair de la lune, fière Titania.

1 La coutume de crier *tailleur* à la vue d'une chute sur le dos, vient de ce qu'un homme qui glisse en arrière de sa chaise tombe comme un tailleur, les jambes croisées sur son établi.

ACTE DEUXIÈME

TITANIA. – Comment, jaloux Oberon ? – Fées, sortons d'ici : j'ai renoncé à sa couche et à sa compagnie.

OBERON. – Arrête, téméraire infidèle ! Ne suis-je pas ton époux ?

TITANIA. – Alors je dois être ton épouse. Mais je sais le jour que tu t'es dérobé du pays des fées, et que, sous la figure du berger Corin, tu es resté assis tout le jour, soupirant sur des chalumeaux, et parlant en vers de ton amour à la tendre Phillida. Pourquoi es-tu revenu des monts les plus reculés de l'Inde ? Ce n'est, certainement, que parce que la robuste amazone, ta maîtresse en brodequins, ton amante guerrière, doit être mariée à Thésée ; tu viens pour donner le bonheur et la joie à leur couche nuptiale ?

OBERON. – Comment n'as-tu pas honte, Titania, de parler malicieusement de mon amitié pour Hippolyte, sachant que je suis instruit de ton amour pour Thésée ? Ne l'as-tu pas conduit dans la nuit à la lueur des étoiles, loin des bras de Périgyne qu'il avait enlevée ? Et ne lui as-tu pas fait violer sa foi donnée à la belle Églé, à Ariadne, à Antiope[1] ?

TITANIA. – Ce sont là des inventions de la jalousie. Jamais, depuis le solstice de l'été, nous ne nous sommes rencontrés sur les collines, dans les vallées, dans les forêts, dans les prairies, auprès des claires fontaines, ou des ruisseaux bordés de joncs, ou sur les plages de la mer, pour danser nos rondes au sifflement des vents, que tu n'aies troublé nos jeux de tes clameurs. Aussi les vents, qui nous faisaient entendre en vain leur murmure, comme pour se venger, ont pompé de la mer des vapeurs contagieuses, qui, venant à tomber sur les campagnes, ont tellement enflé d'orgueil de misérables rivières qu'elles ont surmonté leurs bords. Le bœuf a donc porté le joug en vain : le laboureur a perdu ses sueurs, et le blé vert s'est gâté avant que le duvet eût revêtu le jeune épi. Les parcs sont restés vides au milieu de la plaine submergée, et les corbeaux s'engraissent de la mortalité des troupeaux : les jeux de merelles[2] sont

1 On sait que Thésée fut un des plus braves chevaliers errants de la mythologie grecque, mais qu'il ne se piquait pas de fidélité envers les dames.

2 Jeu de merelles, figure composée de plusieurs carrés que les bergers ou les enfants tracent sur le gazon.

William Shakespeare

comblés de fange, et les jolis labyrinthes serpentant sur la folâtre verdure ne peuvent plus se distinguer parce qu'on ne les fréquente plus. Les mortels de l'espèce humaine[1] sont sevrés de leurs fêtes d'hiver ; il n'y a plus de chants, plus d'hymnes, plus de noëls qui égayent les longues nuits. – Aussi la lune, cette souveraine des flots, pâle de courroux, inonde l'air d'humides vapeurs, qui font pleuvoir les maladies catarrhales[2] : et, au milieu de ce trouble des éléments, nous voyons les saisons changer ; les frimas, à la blanche chevelure, tomber sur le tendre sein de la rose vermeille ; le vieux hiver étale, comme par dérision, autour de son menton et de sa tête glacée, une guirlande de tendres boutons de fleurs. Le printemps, l'été, le fertile automne, l'hiver chagrin, échangent leur livrée ordinaire ; et le monde étonné ne peut plus les distinguer par leurs productions. Toute cette série de maux provient de nos débats et de nos dissensions ; c'est nous qui en sommes les auteurs et la source.

OBERON. – Eh bien ! réformez ces désordres ; cela dépend de vous. Pourquoi Titania contrarierait-elle son Oberon ? Je ne lui demande qu'un petit garçon, pour en faire mon page d'honneur[3].

TITANIA. – Mettez votre cœur en repos. Tout le royaume des fées n'achèterait pas de moi cet enfant : sa mère était initiée à mes mystères ; et maintes fois la nuit, dans l'air parfumé de l'Inde, elle a bavardé auprès de moi ; maintes fois, assise à mes côtés sur les sables dorés de Neptune, elle observait les commerçants embarqués sur les flots. Après que nous avions ri de voir les voiles s'enfler, et s'arrondir sous les caresses du vent, elle se mettait à vouloir les imiter, et d'une démarche gracieuse et balancée, poussant en avant son ventre, riche alors de mon jeune écuyer, comme un vaisseau voguant sur la plaine, elle m'allait chercher des bagatelles, pour revenir ensuite à moi, comme d'un long voyage, chargée d'une précieuse cargaison. Mais l'infortunée étant mortelle, est morte en donnant la vie à ce jeune enfant, que j'élève pour l'amour d'elle ;

1 Il y a dans le texte *human mortals* : cette épithète, qui semble redondante, sert à marquer la différence entre les hommes et les fées. Celles-ci ne font pas partie de l'humanité, quoique soumises à la mort comme les hommes.

2 Observation juste sur la constitution médicale de l'atmosphère.

3 Page d'honneur, place de cour abolie par Élisabeth ; le *henchman* des *highlanders* était leur échanson.

ACTE DEUXIÈME

c'est pour l'amour de sa mère que je ne veux pas me séparer de lui.

OBERON. – Combien de temps vous proposez-vous de rester dans le bois ?

TITANIA. – Peut-être jusqu'après le jour des noces de Thésée. Si vous voulez vous mêler patiemment à nos rondes, et assister à nos ébats au clair de la lune, venez avec nous ; sinon, évitez-moi, et je ne troublerai pas vos retraites.

OBERON. – Donnez-moi cet enfant, et je suis prêt à vous suivre.

TITANIA. – Pas pour votre royaume. – Allons, fées, partons. Nous passerons toute la nuit à quereller, si je reste plus longtemps.

(Titania sort avec sa suite.)

OBERON. – Eh bien ! va, poursuis ; mais tu ne sortiras pas de ce bosquet que je ne t'aie tourmentée, pour me venger de cet outrage. – Mon gentil Puck, approche ici. Tu te souviens d'un jour où j'étais assis sur un promontoire, et que j'entendis une sirène, portée sur le dos d'un dauphin, proférer des sons si doux et si harmonieux, que la mer courroucée s'apaisa aux accents de sa voix, et maintes étoiles transportées s'élancèrent de leur sphère pour entendre la musique de cette fille de l'Océan ?

PUCK. – Oui, je m'en souviens.

OBERON. – Eh bien ! dans le temps, je vis (mais tu ne pus le voir, toi) Cupidon tout armé[1] voler entre la froide lune et la terre : il visa au cœur d'une charmante Vestale, assise sur un trône d'Occident ; il décocha de son arc un trait d'amour bien acéré, comme s'il eût voulu percer d'un seul coup cent mille cœurs. Mais je vis la flèche enflammée du jeune Cupidon s'éteindre dans les humides rayons de la chaste lune, et la prêtresse couronnée, le cœur libre, continua

---

1 Ô Maraviglia ! Amor ch'a pena è nato
Gia grande vola, gia triunfa armato.

William Shakespeare

sa marche, plongée dans ses pensées virginales[1]. Je remarquai où vint tomber le trait de Cupidon ; il tomba sur une petite fleur d'Occident. – Auparavant elle était blanche comme le lait, depuis elle est pourpre par la blessure de l'amour ; et les jeunes filles l'appellent *pensée*[2] : va me chercher cette fleur. Je te l'ai montrée une fois. Son suc, exprimé sur les paupières endormies d'un homme ou d'une femme, les rend amoureux fous de la première créature vivante qui s'offre à leurs regards. Apporte-moi cette fleur, et sois revenu ici avant que le Léviathan ait pu nager une lieue.

PUCK. – J'entourerai d'une ceinture le globe de la terre en quarante minutes.

(Il sort.)

OBERON. – Lorsqu'une fois j'aurai le suc de cette plante, j'épierai l'instant où Titania sera endormie, et j'en laisserai tomber une goutte sur ses yeux. Le premier objet qu'ils verront à son réveil, fût-ce un lion, un ours, un loup, un taureau, une guenon curieuse ou un singe affairé, elle le poursuivra avec un cœur plein d'amour ; et avant que j'ôte ce charme de sa vue, ce que je peux faire avec une autre plante, je l'obligerai à me céder son page. Mais qui vient en ces lieux ? Je suis invisible[3], et je veux entendre leur entretien.

SCÈNE III
OBERON invisible ; DÉMÉTRIUS, et HÉLÈNE qui le suit.
TITANIA arrive avec sa cour.

DÉMÉTRIUS. – Je ne vous aime point ; ainsi, cessez de me poursuivre. Où est Lysandre, et la belle Hermia ? Je tuerai l'un ; l'autre me tue. Vous m'avez dit qu'ils s'étaient sauvés dans le bois ; m'y voilà, dans le bois, et je suis furieux de n'y pouvoir trouver Hermia.

1 Compliment à Élisabeth ; ce sont les vers que dans le roman de *Kenilworth* la reine se fait répéter par W. Raleigh.

2 On l'appelle aussi *Love in idleness*, l'amour oisif, ou l'œil du cœur, herbe de la trinité. C'est la *Viola tricolor* de Linnée, syngénésie monogame.

3 On remarquera peut-être que Puck et Oberon parlent souvent sur la scène sans qu'on ait fait mention de leur entrée. Invisibles ou visibles à leur gré, ils semblent s'affranchir eux-mêmes des lois de la scène.

ACTE DEUXIÈME

Laissez-moi ; éloignez-vous, et ne me suivez plus.

HÉLÈNE. – Vous m'attirez à vous, cœur dur comme le diamant, mais ce n'est point un cœur de fer que vous attirez, car le mien est fidèle comme l'acier : perdez la force d'attirer, je n'aurai plus celle de vous suivre.

DÉMÉTRIUS. – Est-ce que je vous sollicite ? est-ce que je vous abuse par de douces paroles, ou plutôt ne vous ai-je pas dit la vérité nue, je ne vous aime point, je ne puis vous aimer ?

HÉLÈNE. – Et je ne vous en aime que davantage. Je suis votre épagneul : plus vous me maltraiterez, Démétrius, et plus je vous caresserai. Traitez-moi seulement comme votre épagneul : rebutez-moi, frappez-moi, négligez-moi, égarez-moi ; mais du moins, accordez-moi, quelque indigne que je sois, la permission de vous suivre. Quelle place plus humble dans votre amour puis-je implorer ? Et ce serait encore pour moi une faveur d'un prix inestimable, que le privilége d'être traitée comme vous traitez votre chien.

DÉMÉTRIUS. – Ne provoquez pas trop la haine de mon âme ; je suis malade quand je vous vois.

HÉLÈNE. – Et moi, je le suis quand je ne vous vois pas.

DÉMÉTRIUS. – Vous compromettez trop votre pudeur, en quittant ainsi la ville, vous livrant seule à la merci d'un homme qui ne vous aime point, exposé aux dangers de la nuit et aux mauvais conseils d'un lieu désert, avec le riche trésor de votre virginité.

HÉLÈNE. – Votre vertu est ma sauvegarde ; il n'est plus nuit quand je vois votre visage ; je ne crois donc plus être alors dans les ténèbres : ce bois n'est point une solitude pour moi ; avec vous, j'y trouve tout l'univers : comment donc pouvez-vous dire que je suis seule, quand le monde entier est ici pour me regarder ?

DÉMÉTRIUS. – Je vais m'enfuir loin de vous, et me cacher dans les fougères, vous laissant à la merci des bêtes féroces.

William Shakespeare

HÉLÈNE. – La plus féroce n'a pas un cœur aussi cruel que le vôtre. Fuyez où vous voudrez ; l'histoire changera seulement : c'est Apollon qui fuit, et c'est Daphné qui poursuit Apollon ! la colombe poursuit le milan ; la douce biche hâte sa course pour atteindre le tigre : hâte inutile quand c'est la timidité qui poursuit et le courage qui s'enfuit.

DÉMÉTRIUS. – Je ne m'arrêterai plus à écouter vos discours. Laissez-moi m'en aller ; ou, si vous me suivez, craignez de moi quelque outrage dans l'épaisseur du bois.

HÉLÈNE. – Hélas ! dans le temple, dans la ville, dans les champs, partout vous m'outragez. Fi ! Démétrius, vos affronts jettent un opprobre sur mon sexe ; nous ne pouvons, comme les hommes, combattre pour l'amour. Nous devrions être courtisées, et nous n'avons pas été faites pour faire la cour. Je veux vous suivre, et faire de mon enfer un ciel, en mourant de la main que j'aime si tendrement.

(Ils sortent.)

OBERON. – Nymphe, console-toi. Avant qu'il quitte ces bosquets, tu le fuiras, et il recherchera ton amour.

(Puck revient.)

OBERON. – As-tu la fleur ? Sois le bienvenu, vagabond.

PUCK. – Oui, la voilà.

OBERON. – Donne-la-moi, je te prie. Je connais une rive où croît le thym sauvage, où la violette se balance auprès de la primevère, et qu'ombragent le suave chèvrefeuille, de douces roses musquées, et le bel églantier. C'est là que, pendant quelques heures de la nuit, Titania, fatiguée des plaisirs de la danse, s'endort au milieu des fleurs ; c'est là que le serpent se dépouille de sa peau émaillée, vêtement assez large pour envelopper une fée. Je veux frotter légèrement les yeux de Titania, et lui remplir le cerveau d'odieuses fantaisies. Prends-en aussi un peu, et cherche dans ce bocage. Une

ACTE DEUXIÈME

belle Athénienne est éprise d'un jeune homme qui la repousse ; mets-en sur les yeux de ce beau dédaigneux ; mais aie bien soin de le faire au moment où son amante s'offrira à ses regards. Tu reconnaîtras l'homme aux habits athéniens qu'il porte. Accomplis ce message avec quelques précautions, afin qu'il puisse devenir plus idolâtre d'elle qu'elle ne l'est de lui ; et songe à venir me rejoindre avant le premier chant du coq.

PUCK. – N'ayez aucune inquiétude, mon souverain : votre humble serviteur exécutera vos ordres.

(Ils sortent.)

SCÈNE IV
(Une autre partie du bois.)
TITANIA arrive avec sa cour.

TITANIA. – Allons, un rondeau[1], et une chanson de fées ; et ensuite, partez pour le tiers d'une minute, que les unes aillent tuer le ver caché dans le bouton de rose ; les autres faire la guerre aux chauves-souris, pour avoir leurs ailes de peau, afin d'en habiller mes petits génies ; que d'autres écartent le hibou qui ne cesse toute la nuit de faire entendre ses cris lugubres, surpris de voir nos esprits légers. – Chantez maintenant pour m'endormir ; et après, laissez-moi reposer, et allez à vos fonctions.

CHANSON.

PREMIÈRE FÉE.

Vous, serpents tachetés au double dard,
Épineux porcs-épics, ne vous montrez pas.
Lézards, aveugles reptiles, gardez-vous d'être malfaisants,
N'approchez pas de notre reine.

CHŒUR DE FÉES.

---

1 *Roundel,* couplet de chanson qui commence et finit par la même sentence, *qui redit in orbem. Roundel* signifie aussi une ronde.

William Shakespeare

Philomèle, avec mélodie
Chante-nous une douce chanson de berceuse,
Lulla, Lulla, Lullaby ; Lulla, Lulla, Lullaby.
Que nul trouble, nul charme, nul maléfice
N'approche de notre aimable reine.
Et bonne nuit dormez bien.

II

SECONDE FÉE.

Araignées filandières, n'approchez pas :
Loin d'ici fileuses aux longues jambes, loin d'ici.
Éloignez-vous, noirs escarbots.
Ver, ou limaçon, n'offensez pas notre reine.

LE CHŒUR.

Philomèle, avec mélodie, etc.

PREMIÈRE FÉE.

Allons, partons : tout va bien.
Qu'une de nous se tienne à part comme sentinelle.

(Titania s'endort ; les fées sortent.)
(Oberon survient, et dit en exprimant le suc de la fleur sur les pau-
pières de Titania :)

OBERON.

Que l'objet que tu verras, en t'éveillant,
Devienne l'objet de ton amour :
Aime-le et languis pour lui :
Que ce soit un ours, un tigre ou un chat,
Un léopard ou un sanglier à la crinière hérissée.
Qui apparaisse à tes yeux, à ton réveil,
Il sera ton amant chéri.

ACTE DEUXIÈME

Réveille-toi à l'approche d'un objet hideux.

(Oberon sort.)
(Entrent Lysandre et Hermia.)

LYSANDRE. – Ma belle amie, vous êtes fatiguée d'errer dans ce bois ; et à vous dire vrai, j'ai oublié le chemin : nous nous reposerons, Hermia, si vous le voulez, et nous attendrons ici la lumière consolante du jour.

HERMIA. – Je le veux bien, Lysandre. Allez, cherchez un lit pour vous : moi je vais reposer ma tête sur ce gazon.

LYSANDRE. – La même touffe de verdure nous servira d'oreiller à tous les deux : un seul cœur, un même lit, deux âmes, et une seule foi.

HERMIA. – Non, cher Lysandre : pour l'amour de moi, mon ami, placez-vous plus loin encore ; ne vous mettez pas si près de moi.

LYSANDRE. – Ô ma douce amie ! prenez mes paroles dans le sens que leur donne mon innocence. Dans l'entretien des amants, l'amour est l'interprète ; j'entends que mon cœur est uni au vôtre, en sorte que nous pouvons des deux cœurs n'en faire qu'un ; que nos deux âmes se sont enchaînées par un serment, en sorte que ce n'est qu'une foi dans deux âmes. Ne me refusez donc pas une place à vos côtés, pour me reposer ; car en me couchant ainsi je ne mens point[1].

HERMIA. – Lysandre excelle à faire des énigmes : malheur à mes manières et à ma fierté, si Hermia a voulu dire que Lysandre mentait. Mais, mon aimable ami, au nom de la tendresse et de la courtoisie, éloigne-toi un peu : cette séparation, prescrite par la décence humaine convient à un amant vertueux, et à une jeune vierge : oui, tiens-toi à cette distance ; et bonsoir, mon bien-aimé ; que ton amour ne finisse qu'avec ta précieuse vie !

---

1 Équivoque sur le verbe *to lie*, se coucher et mentir.

William Shakespeare

LYSANDRE. – Je réponds à cette tendre prière : Ainsi soit-il, ainsi soit-il ; et que ma vie finisse quand finira ma fidélité ! Voici mon lit : que le sommeil t'accorde tout son repos !

HERMIA. – Que la moitié de ses faveurs ferme les yeux de celui qui m'adresse ce souhait.

(Ils s'endorment tous deux.)
(Entre Puck.)

PUCK.

J'ai couru tout le bois ;
Je n'ai trouvé aucun Athénien
Sur les yeux de qui je pusse essayer
La force de cette fleur pour inspirer l'amour.
Nuit et silence ! Qui est ici ?
Il porte les habits d'Athènes.
C'est l'homme que m'a désigné mon maître,
Et qui dédaigne la jeune Athénienne.
Et la voici elle-même profondément endormie
Sur la terre humide et fangeuse.
Oh ! la jolie enfant : elle n'a pas osé se coucher
Près de ce cruel, de cet ennemi de la tendresse.
Rustre, je répands sur tes yeux
Tout le pouvoir que ce charme possède :
Qu'à ton réveil l'amour défende au sommeil
De jamais descendre sur ta paupière.
Réveille-toi dès que je serai parti :
Il faut que j'aille retrouver Oberon.

(Entrent Démétrius et Hélène courant.)

HÉLÈNE. – Arrête, cher Démétrius, dusses-tu me donner la mort !

DÉMÉTRIUS. – Je t'ordonne de t'en aller, ne me poursuis pas ainsi.

ACTE DEUXIÈME

HÉLÈNE. – Oh ! veux-tu donc m'abandonner ici dans les ténèbres ? Ne fais pas cela.

DÉMÉTRIUS. – Arrête, sous peine de ta vie : je veux m'en aller seul.

(Démétrius s'enfuit.)

HÉLÈNE, *seule.* – Oh ! cette vaine poursuite m'a mise hors d'haleine. Plus je le prie, et moins j'obtiens. Hermia est heureuse, en quelque lieu qu'elle se trouve ; car elle a des yeux célestes, et qui attirent vers elle. Comment ses yeux sont-ils devenus si brillants ? Ce n'est pas à force de larmes amères : si cela était, mes yeux en ont été plus souvent arrosés que les siens. Non, non ; je suis laide comme un ours, car les bêtes de ce bois qui me rencontrent s'enfuient de peur. Il n'est donc pas étonnant que Démétrius, qui est un monstre sauvage, fuie aussi ma présence. Que mon miroir est perfide et imposteur, de m'avoir persuadé de comparer mon visage aux doux yeux d'Hermia ! Mais, qui est ici ? Lysandre, étendu sur la terre ! Est-il mort, ou endormi ? Je ne vois point de sang, nulle blessure. – Lysandre, si vous êtes vivant, bon Lysandre, éveillez-vous.

LYSANDRE *(Il s'éveille.)* – Et je traverserais les flammes pour l'amour de toi. Transparente Hélène ! la nature montre son art, en me faisant voir ton cœur à travers ton sein. Où est Démétrius ? Oh ! que ce nom odieux est bien celui d'un homme destiné à mourir de mon épée !

HÉLÈNE. – Ne parlez ainsi, Lysandre ; ne parlez pas ainsi : qu'importe qu'il aime votre Hermia ? Lysandre, que vous importe ? Hermia n'aime que vous ; ainsi soyez content.

LYSANDRE. – Content avec Hermia ? Non ! je me repens des instants ennuyeux que j'ai perdus avec elle. Ce n'est point Hermia, c'est Hélène que j'aime. Qui ne voudrait changer un corbeau contre une colombe ? La volonté de l'homme est gouvernée par la raison ; et ma raison me dit que vous êtes la plus digne d'être aimée. Les plantes qui croissent encore ne sont pas mûres avant leur saison ; et moi-même, trop jeune jusqu'ici, je n'étais point mûr pour la raison ; mais maintenant que je touche au plus haut point de la perfection humaine, la raison devient le guide de ma volonté et me conduit à vos yeux, où je vois des histoires d'amour écrites dans le livre le plus précieux de l'amour.

HÉLÈNE. – Pourquoi suis-je née pour être en butte à cette ironie ? Quand ai-je mérité d'essuyer de votre part ces mépris ? N'est-ce donc pas assez, n'est-ce donc pas assez, jeune homme, que je n'aie jamais pu, non, et que je ne puisse jamais mériter un doux regard des yeux de Démétrius, sans qu'il faille encore que vous insultiez à ma disgrâce ? De bonne foi, vous me faites une injure ; oui, oui, vous m'insultez, en me faisant la cour d'une manière si méprisante ! Mais adieu ; je suis forcée d'avouer que je vous avais cru doué d'une générosité plus vraie. Oh ! se peut-il qu'une femme rebutée d'un homme soit à cause de cela cruellement raillée par un autre ?

(Elle sort.)

LYSANDRE. – Elle ne voit point Hermia. – Hermia, continue de dormir ici, et puisses-tu ne jamais t'approcher de Lysandre ! Car, comme l'excès des mets les plus délicieux porte à l'estomac le dégoût le plus invincible ; comme les hérésies que les hommes abjurent sont détestées surtout par ceux qu'elles avaient trompé ; de même, toi, objet de ma satiété et de mon hérésie, sois haïe de tous, et surtout de moi ! Et vous, puissances de mon âme, consacrez votre amour et votre force à honorer Hélène, et à me rendre son chevalier.

(Il sort.)

HERMIA, *se réveillant en sursaut.* – À mon secours, Lysandre ! à mon secours ! Oh ! fais ton possible pour arracher ce serpent qui rampe sur mon sein : hélas ! par pitié ! – Quel était ce songe ! Lysandre, vois comme je tremble de frayeur ! il m'a semblé qu'un serpent me dévorait le cœur, et que toi, tu étais assis, souriant à mon cruel tourment. – Lysandre ! quoi, s'est-il éloigné ! Lysandre !

ACTE DEUXIÈME

Seigneur ! Quoi ! il ne m'entend pas ! Il est parti ! Pas un son, pas une parole ! Hélas ! où êtes-vous ? Répondez-moi, si vous pouvez m'entendre : parlez-moi, au nom de tous les amours ! Je suis prête à m'évanouir de terreur ! – Personne ! – Ah ! je vois enfin que tu n'es plus près de moi ; il faut que je trouve à l'instant, ou la mort, ou toi.

(Elle sort).

FIN DU DEUXIÈME ACTE.

ACTE TROISIÈME

SCÈNE I

La scène est toujours dans le bois. La reine des fées est endormie. Entrent QUINCE, SNUG, BOTTOM, FLUTE, SNOUT, STARVELING.

BOTTOM. – Sommes-nous tous rassemblés ?

QUINCE. – Oui, oui ; et voici une place admirable pour notre répétition. Ce gazon vert sera notre théâtre, ce buisson d'épines nos coulisses ; et nous allons jouer la pièce tout comme nous la jouerons devant le duc.

BOTTOM. – Pierre Quince !

QUINCE. – Que dis-tu, terrible Bottom ?

BOTTOM. – Il y a dans cette comédie de *Pyrame et Thisbé* des choses qui ne plairont jamais. D'abord, Pyrame doit tirer son épée et se tuer. Les dames ne supporteront jamais cela. Qu'avez-vous à répondre ?

SNOUT. – Par Notre-Dame, cela leur fera une peur affreuse.

STARVELING. – Je crois que nous ferons bien de laisser la tuerie de côté quand tout sera fini.

William Shakespeare

BOTTOM. – Pas du tout. J'ai un expédient pour tout concilier. Écrivez-moi un prologue, et que ce prologue ait l'air de dire que nous ne ferons aucun mal avec nos épées, et que Pyrame n'est pas tué tout de bon ; pour plus grande assurance, dites-leur que moi, qui fais Pyrame, je ne suis pas Pyrame, mais Bottom le tisserand : cela les rassurera tout à fait contre la peur.

QUINCE. – Allons, nous ferons ce prologue ; et il sera écrit en vers de huit et de six[1].

BOTTOM. – Non, ajoutez-en encore deux : qu'on le fasse en vers de huit.

SNOUT. – Et les dames ne seront-elles point effrayées du lion ?

STARVELING. – Je le crains bien, je vous assure.

BOTTOM. – Camarades, vous devriez y bien réfléchir. Amener sur la scène, Dieu nous protége ! un lion parmi des dames, c'est une chose bien terrible ; car il n'y a pas de plus redoutable bête sauvage que votre lion, au moins ; nous devons bien faire attention à cela.

SNOUT. – Il faudra donc un autre prologue pour dire que le lion n'est pas un lion.

BOTTOM. – Oh ! il faut que vous nommiez celui qui joue le lion, et que l'on voie la moitié de son visage au travers du cou du lion ; il faut qu'il parle lui-même, et qu'il dise ceci, ou quelque chose d'équivalent : – « Mesdames, ou belles dames, je vous souhaiterais, ou je vous demanderais, ou je vous prierais de ne pas avoir peur, de ne pas trembler ; je réponds de votre vie sur la mienne. Si vous croyiez que je viens ici comme un lion, ce serait exposer ma vie. Non, je ne suis rien de pareil ; je suis un homme tout comme les autres hommes…. » Et alors qu'il dise son nom, et qu'il leur déclare tout net qu'il est Snug le menuisier.

QUINCE. – Allons, cela sera ainsi. Mais il y a encore deux choses

---

1 On sait qu'un sonnet ne peut avoir que quatorze vers.

ACTE TROISIÈME

bien difficiles : c'est, d'abord, d'introduire le clair de lune dans une chambre ; car vous savez que Pyrame et Thisbé se rencontrent au clair de la lune.

SNUG. – La lune brillera-t-elle le soir que nous jouerons notre pièce ?

BOTTOM. – Un calendrier ! un calendrier ! voyez dans l'almanach, cherchez le clair de lune, cherchez le clair de lune !

QUINCE. – Oui : il y aura de la lune ce soir-là.

BOTTOM. – Alors, vous pouvez laisser ouverte une fenêtre de la grande chambre où nous jouerons, et la lune pourra y briller par la fenêtre.

QUINCE. – Oui : ou un homme peut venir avec un fagot d'épines et une lanterne, et dire qu'il vient pour représenter ou figurer le personnage du clair de lune. – Mais il y a encore une autre difficulté. Il nous faut une muraille dans la grande chambre ; car Pyrame et Thisbé, dit l'histoire, se parlaient au travers de la fente d'un mur.

SNUG. – Vous ne pourrez jamais amener une muraille sur la scène. Qu'en dites-vous, Bottom ?

BOTTOM. – Le premier venu peut représenter une muraille : il n'a qu'à avoir quelque enduit de plâtre, ou d'argile, ou de crépi sur lui, pour figurer la muraille ; ou bien encore, qu'il tienne ses doigts ainsi ouverts ; et, à travers ces fentes, Pyrame et Thisbé pourront se parler tout bas.

QUINCE. – Si cela peut s'arranger, tout est en règle. – Allons, asseyez-vous tous, fils de vos mères, et récitez vos rôles. Vous, Pyrame, commencez ; et quand vous aurez débité vos discours, vous entrerez dans ce buisson, et ainsi des autres, chacun selon son rôle.

(Puck survient sans être vu.)

William Shakespeare

PUCK. – Quels sont ces rustiques personnages qui font ici les fanfarons, si près du lit de la reine des fées ? Quoi ! une pièce en jeu ? Je veux être de l'auditoire, et peut-être aussi y serai-je acteur, si j'en trouve l'occasion.

QUINCE. – Parlez, Pyrame. – Thisbé, avancez.

PYRAME. – « Thisbé, les fleurs exhalent de douces *odieuses*.

QUINCE. – Odeurs, odeurs.

PYRAME. –… Exhalent de douces odeurs : telle est celle de votre haleine, ma chère, très-chère Thisbé. – Mais, écoutez ; une voix ! – Restez ici un moment et dans l'instant je vais venir vous retrouver. »

(Il sort.)

PUCK, *à part.* – Voilà le plus étrange Pyrame qui ait jamais joué ici.

(Il sort.)

THISBÉ. – Est-ce à mon tour de parler ?

QUINCE. – Oui, vraiment, c'est à vous ; car vous devez concevoir qu'il ne vous quitte que pour voir d'où vient un bruit qu'il a entendu, et qu'il va revenir sur-le-champ.

THISBÉ. – Très-radieux Pyrame, dont le teint a la blancheur des lis, et dont les couleurs brillent comme la rose vermeille sur un églantier triomphant : sémillant jouvenceau, et même très-aimable juif[1], aussi fidèle que le plus fidèle coursier que rien ne peut fatiguer. – J'irai te trouver, Pyrame, à la tombe de *Ninny*[2].

1 *Most brisky Juvenal, and Eke most lovely Jew.* Le mot *Jew* semble être ici une abréviation de *Juvénal*, et forme une espèce d'équivoque avec la première syllabe de *Juvénal*, à cause de la prononciation. Au reste, tout ceci n'est que parodie.

2 *Ninny*, lourdaud, jeu de mots.

ACTE TROISIÈME

QUINCE. – À la tombe de Ninus, l'ami ! – Mais vous ne devez pas dire cela encore ; c'est une réponse que vous avez à faire à Pyrame. Vous débitez tout votre rôle à la fois ; les *répliques*, et tout. – Pyrame, entrez, votre tour est venu. *Rien ne peut fatiguer*, sont les derniers mots de la tirade.

(Puck rentre avec Bottom affublé d'une tête d'âne.)

THISBÉ. – Aussi fidèle que le plus fidèle coursier que rien ne peut fatiguer.

PYRAME. – Si j'étais beau, Thisbé, je ne serais jamais qu'à toi.

QUINCE. – Ô prodige monstrueux ! prodige étrange ! ce lieu est hanté. – Vite, camarades, fuyons ! Camarades, au secours !

(Toute la troupe s'enfuit.)

PUCK. – Je vais vous suivre ; je vais vous faire tourner à travers les marécages, les buissons, les ronces et les épines. Tantôt je serai cheval, et tantôt chien, pourceau, ours sans tête, et tantôt une flamme ; hennissant, aboyant, grondant, rugissant, brûlant ; cheval, chien, pourceau, ours, et feu tour à tour.

(Il sort.)

BOTTOM. – Pourquoi donc s'enfuient-ils ainsi ? C'est un tour qu'ils me jouent pour me faire peur.

(Snout rentre.)

SNOUT. – Ô Bottom, comme te voilà changé ! Que vois-je donc là sur tes épaules ?

BOTTOM. – Qu'est-ce que tu vois ? Tu vois une tête d'âne, qui est la tienne ; n'est-ce pas ?

(Snout sort.)

William Shakespeare

(Quince rentre.)

QUINCE. – Dieu te bénisse, Bottom ! Dieu te bénisse ! Te voilà métamorphosé.

(Il sort.)

BOTTOM, *seul*. – Je vois leur malice : ils veulent faire un âne de moi, pour m'effrayer, s'ils le peuvent. Mais, moi, je ne veux pas bouger de cette place, quoi qu'ils puissent faire. Je vais me promener ici en long et en large, et je vais chanter, afin qu'ils comprennent que je n'ai pas la moindre peur.

(Il chante.)

Le merle au noir plumage,
Au bec jaune comme l'orange,
La grive avec son chant si gai,
Le roitelet avec sa petite plume.

TITANIA, *s'éveillant*. – Quel ange me réveille sur mon lit de fleurs ?

BOTTOM *chantant*.

Le pinson, le moineau et l'alouette,
Le gris coucou avec son plain-chant,
Dont maint homme remarque la note,
Sans oser lui répondre *non*.

Car en effet, qui voudrait compromettre son esprit avec un si fol oiseau ? Qui voudrait donner un démenti à un oiseau, quand il crierait, *coucou*, à perte d'haleine ?

TITANIA. – Ah ! je te prie, aimable mortel, chante encore. Mon oreille est amoureuse de tes chants, mes yeux sont épris de ta personne ; et la force de ton brillant mérite me contraint, malgré moi, de déclarer, à la première vue, de jurer que je t'aime.

ACTE TROISIÈME

BOTTOM. – Il me semble, madame, que vous n'auriez guère de raison pour m'aimer ; et cependant, à dire la vérité, la raison et l'amour ne vont guère aujourd'hui de compagnie : c'est grand dommage que quelques braves voisins ne veuillent pas les réconcilier. Oui, je pourrais ruser comme un autre, dans l'occasion.

TITANIA. – Tu es aussi sensé que tu es beau.

BOTTOM. – Oh ! ni l'un ni l'autre. Mais si j'avais seulement assez d'esprit pour sortir de ce bois, j'en aurais assez pour l'usage que j'en veux faire.

TITANIA. – Ah ! ne désire pas de sortir de ce bois. Tu resteras ici, que tu le veuilles ou non. Je suis un esprit d'un rang élevé ; l'été règne toujours sur mon empire ; et moi, je t'adore. Viens donc avec moi, je te donnerai des fées pour te servir ; elles iront te chercher mille joyaux dans l'abîme ; elles chanteront tandis que tu dormiras sur un lit de fleurs ; et je saurai si bien épurer les éléments grossiers de ton corps mortel, que tu voleras comme un esprit aérien. Fleur-des-Pois, Toile-d'Araignée, Papillon, Graine-de-Moutarde !

(Quatre fées se présentent.)

PREMIÈRE FÉE. – Me voilà à vos ordres.

SECONDE FÉE. – Et moi aussi.

TROISIÈME FÉE. – Et moi aussi.

QUATRIÈME FÉE. – Où faut-il aller ?

TITANIA. – Soyez prévenantes et polies pour ce seigneur : dansez dans ses promenades, gambadez à ses yeux ; nourrissez-le d'abricots et de framboises, de raisins vermeils, de figues vertes et de mûres ; dérobez aux bourdons leurs charges de miel, et ravissez la cire de leurs cuisses pour en faire des flambeaux de nuit que vous allumerez aux yeux brillants du ver luisant[1], pour éclairer le cou-

---

1 « C'est la queue du ver luisant (*lampyris*), qui est phosphorique, et non ses

William Shakespeare

cher et le lever de mon bien-aimé ; arrachez les ailes bigarrées des papillons, pour écarter les rayons de la lune de ses yeux endormis. Inclinez-vous devant lui, et faites-lui la révérence.

PREMIÈRE FÉE. – Salut, mortel !

SECONDE FÉE. – Salut !

TROISIÈME FÉE. – Salut !

QUATRIÈME FÉE. – Salut !

BOTTOM. – Je rends mille grâces à Vos Seigneuries, de tout mon cœur. – Je vous prie, quel est le nom de Votre Seigneurie ?

UNE FÉE. – Toile-d'Araignée.

BOTTOM. – Je serai charmé de lier avec vous une plus étroite connaissance. Cher monsieur Toile-d'Araignée, si je me coupe le doigt, j'aurai recours à vous. – *(À une autre fée.)* Votre nom, mon bon monsieur ?

SECONDE FÉE. – Fleur-des-Pois.

BOTTOM. – Je vous prie, recommandez-moi à madame Cosse, votre mère, et à M. Cosse, votre père. Cher monsieur Fleur-des-Pois, je veux que nous fassions plus ample connaissance. – *(À une autre fée.)* Votre nom, je vous en conjure, monsieur ?

TROISIÈME FÉE. – Graine-de-Moutarde.

BOTTOM. – Bon monsieur Graine-de-Moutarde, je connais à merveille votre rare patience, ce lâche géant *Roastbeef* a dévoré plusieurs membres de votre maison. Je vous promets que vos parents m'ont fait venir les larmes aux yeux plus d'une fois ; nous nous lierons ensemble, mon cher Graine-de-Moutarde.

TITANIA. – Allons, accompagnez-le : conduisez-le sous mon yeux. » JOHNSON.

ACTE TROISIÈME

berceau. La lune paraît nous regarder d'un œil humide ; et lorsqu'elle pleure, les petites fleurs pleurent aussi et regrettent quelque virginité violée… Enchaînez la langue de mon bien-aimé : conduisez-le en silence.

(Ils sortent.)

SCÈNE II
Une autre partie du bois.
OBERON entre.

OBERON. – Je voudrais bien savoir si Titania s'est réveillée ; et puis, quel a été le premier objet qui s'est présenté à sa vue, et dont il faut qu'elle se passionne jusqu'à la fureur. *(Entre Puck.)* Voici mon courrier. – Eh bien ! folâtre esprit, quelle fête nocturne a lieu maintenant dans ce bois enchanté ?

PUCK. – Ma maîtresse est éprise d'un monstre. Près de la retraite de son berceau sacré, à l'heure où elle était plongée dans le sommeil le plus profond, une bande de rustres, artisans grossiers, qui gagnent leur pain dans les échoppes d'Athènes, se sont rassemblés pour répéter une comédie destinée à être jouée le jour des noces du grand Thésée. Le plus stupide malotru de cette troupe d'ignorants, qui représentait Pyrame, dans leur pièce, a abandonné le lieu de la scène, et est entré dans un hallier : là, je l'ai surpris et je lui ai planté une tête d'âne sur la sienne. Cependant, son tour est venu de répondre à sa Thisbé : alors, mon acteur revient sur la scène. Aussitôt que ses camarades l'aperçoivent, comme une troupe d'oies sauvages, qui ont aperçu l'oiseleur s'approcher en rampant, ou comme une compagnie de corneilles à tête brune, qui se lèvent et croassent au bruit d'un fusil, se séparent, et traversent en désordre les airs, de même, à sa vue, tous se mettent à fuir. Alors, au bruit de nos pieds, par-ci, par-là, l'un d'eux tombe à terre, crie au meurtre et appelle des secours d'Athènes. Leur faible raison, égarée par une grande frayeur, voit s'armer contre eux les objets inanimés. Les ronces et les épines déchirent leurs habits, emportent à l'un ses manches, à l'autre son chapeau : toutes choses ravissent quelque dépouille à ceux qui cèdent tout. Je les ai conduits ainsi dans le

William Shakespeare

délire de la peur, et j'ai laissé ici le beau Pyrame métamorphosé ; le hasard a voulu que, dans ce moment même, Titania se soit réveillée, elle a pris aussitôt de l'amour pour un âne.

OBERON. – L'événement surpasse mes espérances. – Mais as-tu oint les yeux de l'Athénien avec ce philtre d'amour, comme je te l'avais ordonné ?

PUCK. – Je l'ai surpris dormant. – C'est une chose faite aussi ; et la jeune Athénienne est auprès de lui ; de façon qu'il faut nécessairement qu'à son réveil, ses yeux l'aperçoivent.

(Entrent Démétrius et Hermia.)

OBERON. – Reste à mon côté : voici justement l'Athénien.

PUCK. – C'est bien la femme : mais ce n'est pas l'homme.

DÉMÉTRIUS. – Ah ! pourquoi rebutez-vous celui qui vous aime tant ? Gardez ces rigueurs pour votre plus cruel ennemi.

HERMIA. – Tu n'essuies de moi que des reproches ; mais je voudrais pouvoir te maltraiter davantage ; car tu m'as donné, j'en ai peur, sujet de te maudire. Si tu as assassiné Lysandre pendant son sommeil, déjà enfoncé à moitié dans le sang achève de t'y plonger, et tue-moi aussi. Le soleil n'est pas aussi fidèle au jour que Lysandre l'était pour moi. – Aurait-il jamais abandonné son Hermia endormie ? Je croirai plutôt qu'on peut percer d'outre en outre le globe entier de la terre, et que la lune peut descendre à travers son centre, et aller à midi aux antipodes déranger son frère. Il faut que tu l'aies assassiné : tu as le regard d'un meurtrier, un visage cadavéreux, farouche.

DÉMÉTRIUS. – Plutôt l'air d'un homme assassiné, le cœur percé par votre cruelle sévérité ; et cependant, vous qui me tuez, restez aussi radieuse et aussi pure que Vénus dans sa sphère étincelante.

HERMIA. – Qu'importe à mon cher Lysandre ? – Où est-il ? Ah !

ACTE TROISIÈME

bon Démétrius ! veux-tu me le rendre ?

DÉMÉTRIUS. – J'aimerais mieux donner son cadavre à mes lévriers.

HERMIA. – Loin de moi, loin de moi, chien ! Tu me fais passer les bornes de la patience d'une jeune fille. Tu l'as donc tué ? – Sois pour jamais rayé du nombre des humains ! Oh ! dis-moi, dis-moi une fois, une seule fois la vérité, par pitié pour moi. Aurais-tu osé le regarder éveillé, et l'as-tu tué pendant qu'il dormait ? Ô le brave exploit ! Un reptile, une vipère en pouvait faire autant ; oui, c'est une vipère qu'on peut accuser, car jamais, serpent que tu es, une vipère n'a blessé avec un dard plus perfide que ta langue.

DÉMÉTRIUS. – Vous épuisez les emportements de votre colère sur une méprise. Je ne suis point coupable du sang de Lysandre ; et, autant que je puisse savoir, il n'est point mort.

HERMIA. – Je vous en conjure, dites-moi alors qu'il se porte bien.

DÉMÉTRIUS. – Si je pouvais vous l'assurer, que gagnerais-je à vous le dire ?

HERMIA. – Le privilége de ne plus me revoir jamais. – Et je fuis à l'instant ta présence abhorrée : ne me recherche plus qu'il soit mort, ou vivant.

(Elle s'en va.)

DÉMÉTRIUS. – Il est inutile de vouloir la suivre dans cet accès de courroux. Je vais donc me reposer ici quelques moments. Ainsi, le poids du chagrin devient plus accablant encore, lorsque le sommeil insolvable refuse de lui payer sa dette ; peut-être en ce moment s'acquittera-t-il quelque peu envers moi, si je fais ici quelque séjour pour attendre sa complaisance.

(Il se couche.)

William Shakespeare

OBERON. – Qu'as-tu fait ? Tu t'es complétement mépris, et tu as placé le philtre d'amour sur les yeux d'un amant fidèle. Ainsi, l'effet nécessaire de ta méprise est de changer un amour sincère en amour perfide, et non pas un amour perfide en un amour sincère.

PUCK. – C'est le destin qui gouverne les événements, et qui fait que, pour un amant qui garde sa foi, un million d'autres la violent, et entassent parjures sur parjures.

OBERON. – Va, parcours le bois plus vite que le vent, et vois à découvrir Hélène d'Athènes : elle est toute malade d'amour, et pâle, épuisée de soupirs brûlants, qui ont nui à la fraîcheur de son sang. Tâche de l'amener ici par quelque enchantement ; je charmerai les yeux du jeune homme qu'elle aime, avant qu'elle reparaisse à sa vue.

PUCK. – J'y vais, j'y vais : vois, comme je vole, plus rapidement que la flèche décochée de l'arc d'un Tartare.

(Il sort.)

OBERON.

(Il verse un suc de fleur sur les yeux de Démétrius.)

Fleur de couleur de pourpre,
Blessée par l'arc de Cupidon,
Pénètre dans la prunelle de son œil !
Quand il cherchera son amante,
Qu'elle brille à ses regards du même éclat
Dont Vénus brille dans les cieux. –
Si, à ton réveil, elle est auprès de toi
Implore d'elle ton remède.

(Puck revient.)

PUCK. – Chef de notre bande féerique, Hélène est ici à deux pas ; et le jeune homme, victime de ma méprise, demande le salaire de

ACTE TROISIÈME

48

son amour. Verrons-nous cette tendre scène ? Seigneur, que ces mortels sont fous !

OBERON. – Range-toi : le bruit qu'ils font va réveiller Démétrius.

PUCK. – Eh bien ! ils seront deux alors à courtiser une femme. Cela doit faire un spectacle amusant ; et rien ne me plaît tant que ces accidents bizarres et imprévus.

(Entrent Lysandre et Hélène.)

LYSANDRE. – Pourquoi croiriez-vous que je vous recherche par dérision ? jamais le dédain et le mépris ne se manifestent par des larmes : voyez, quand je vous jure mon amour, je pleure : des serments nés dans les pleurs annoncent la sincérité ; et comment pouvez-vous voir des signes de mépris dans ce qui porte le gage évident de la bonne foi ?

HÉLÈNE. – Vous redoublez de plus en plus votre perfidie. Quand la vérité tue la vérité, quel combat infernal et céleste ! Ces vœux sont pour Hermia : voulez-vous donc l'abandonner ? Pesez serments contre serments, et vous pèserez le néant. Vos serments, pour elle et pour moi, mis dans une balance, seront d'un poids égal ; et tout aussi légers que de vaines paroles.

LYSANDRE. – Je n'avais pas de discernement, lorsque je lui ai juré ma foi.

HÉLÈNE. – Et vous n'en avez pas plus, à mon avis, maintenant que vous la délaissez.

LYSANDRE – Démétrius l'aime, et ne vous aime point.

DÉMÉTRIUS, *se réveillant.* – Ô Hélène ! déesse, nymphe accomplie et divine ! À quoi, ma bien-aimée, pourrais-je comparer tes yeux ? Le cristal même est trouble. Ô quel charme sur tes lèvres vermeilles comme deux cerises mûres ! Comme elles appellent les baisers ! Quand tu lèves la main, la neige pure et glacée des som-

William Shakespeare

mets de Taurus, caressée par le vent d'orient, paraît noire comme le corbeau. Oh ! permets que je baise cette merveille de blancheur éblouissante, ce sceau de la félicité.

HÉLÈNE. – Ô malice infernale ! Je vois bien que vous êtes tous ligués contre moi, pour vous amuser. Si vous étiez honnêtes, et connaissant la courtoisie, vous ne m'accableriez pas de vos outrages. Ne vous suffit-il pas de me haïr, comme je sais que vous me haïssez, sans vous unir étroitement pour vous moquer de moi ? Si vous étiez des hommes, comme vous en avez la figure, vous ne traiteriez pas ainsi une femme bien née. Venir me jurer de l'amour, et exagérer ma beauté, lorsque je suis sûre que vous me haïssez de tout votre cœur ! Vous êtes tous deux rivaux, vous aimez Hermia ; et tous deux, en ce moment, vous rivalisez à qui insultera le plus Hélène. Voilà un grand exploit, une mâle entreprise, de faire couler les larmes d'une fille infortunée, par votre dérision ! Jamais des hommes de noble naissance n'auraient ainsi offensé une jeune fille ; jamais ils n'auraient poussé à bout la patience d'une âme désolée, comme vous faites, uniquement pour vous en faire un jeu !

LYSANDRE. – Vous êtes dur, Démétrius ; n'en agissez pas ainsi. Car vous aimez Hermia ; vous savez que je ne l'ignore pas ; et ici même, bien volontiers et de tout mon cœur, je vous cède ma part de l'amour d'Hermia : léguez-moi en retour la vôtre dans l'amour d'Hélène, que j'adore et que j'aimerai jusqu'au trépas.

HÉLÈNE. – Jamais des moqueurs ne prodiguèrent plus de vaines paroles.

DÉMÉTRIUS. – Lysandre, garde ton Hermia ; je n'en veux point : si je l'aimai jamais, cet amour est tout à fait anéanti. Mon cœur n'a fait que séjourner avec elle en passant, comme un hôte étranger ; et maintenant il est retourné à Hélène, comme sous son toit natal, pour s'y fixer à jamais.

LYSANDRE. – Hélène, cela n'est point !

DÉMÉTRIUS. – Ne calomnie pas la foi que tu ne connais pas, de

ACTE TROISIÈME

crainte qu'à tes risques et périls tu ne le payes cher. – Vois venir de ce côté l'objet de ton amour ; voilà celle qui t'est chère.

(Survient Hermia.)

HERMIA. – La nuit sombre, qui suspend l'usage des yeux, rend l'oreille plus sensible aux sons ; ce qu'elle ravit au sens de la vue, elle en dédommage en doublant le sens de l'ouïe. – Ce ne sont pas mes yeux, Lysandre, qui t'ont découvert ; c'est mon oreille, et je lui en rends grâces, qui m'a guidé vers toi au son de ta voix. Mais pourquoi m'as-tu si cruellement abandonnée ?

LYSANDRE. – Pourquoi resterait-il, celui que l'amour presse de s'éloigner ?

HERMIA. – Et quel amour pouvait attirer Lysandre loin de moi ?

LYSANDRE. – L'amour de Lysandre, qui ne lui permettait pas de rester, la belle Hélène ; Hélène, qui rend la nuit plus brillante que tous ces cercles de feu et tous ces yeux de lumière. Pourquoi me cherches-tu ? Cette démarche ne pouvait-elle pas te faire comprendre que c'était la haine que je te portais qui m'obligeait à te quitter ainsi ?

HERMIA. – Vous ne pensez pas ce que vous dites ; cela est impossible.

HÉLÈNE. – Voyez, elle aussi est du complot ! Je le vois bien à présent, qu'ils se sont concertés tous les trois, pour arranger cette scène de dérision à mes dépens. Injurieuse Hermia ! fille ingrate ! as-tu donc conspiré, as-tu comploté avec ces cruels de me faire subir ces odieuses railleries ? Toute cette confiance mutuelle, ces serments de sœurs, ces heures passées ensemble, quand nous reprochions au temps de trop hâter sa marche et de nous séparer ; oh ! tout cela est-il oublié, et toute notre amitié de l'école, et l'innocence de notre enfance ? Hermia, nous avons, avec l'adresse des dieux, créé toutes les deux avec nos aiguilles une même fleur sur un seul modèle, assises sur un seul coussin, et chantant une même

William Shakespeare

chanson sur un même air, comme si nos mains, nos personnes, nos voix et nos âmes n'eussent appartenu qu'à un seul et même corps : c'est ainsi que nous avons grandi ensemble, comme deux cerises jumelles, en apparence séparées, mais unies dans leur séparation, comme deux jolis fruits attachés sur la même tige : on voyait deux corps, mais qui n'avaient qu'un cœur, tels que deux côtés d'armoiries de la même maison qui n'appartiennent qu'à un seul écu, et sont surmontés d'un seul cimier. Et tu veux rompre violemment le nœud de notre ancienne tendresse, et te joindre à des hommes pour bafouer ta pauvre amie ? Oh ! ce n'est pas la conduite d'une amie, d'une jeune fille : tout notre sexe a droit, aussi bien que moi, de te reprocher ce traitement, quoique je sois la seule qui en ressente l'outrage.

HERMIA. – Je suis confondue de vos amers reproches : je ne vous insulte point ; il me semble plutôt que c'est vous qui m'insultez.

HÉLÈNE. – N'avez-vous pas excité Lysandre à me suivre, comme par ironie, et à vanter mes yeux et mon visage ? Et n'avez-vous pas engagé votre autre amant, Démétrius (qui tout à l'heure me repoussait du pied), à m'appeler déesse, nymphe, divine et rare merveille, beauté céleste et sans prix ? Pourquoi adresse-t-il ce langage à celle qu'il hait ? Et pourquoi Lysandre rejette-t-il votre amour, si puissant dans son cœur, pour me l'offrir à moi, si ce n'est sur votre instigation et de votre consentement ? Si je ne suis pas autant en faveur que vous, aussi entourée d'amour, aussi heureuse, mais si je suis assez malheureuse pour aimer sans être aimée, vous devriez me plaindre au lieu de me mépriser !

HERMIA. – Je ne puis comprendre ce que vous voulez dire.

HÉLÈNE. – Oui, oui ; continuez ; affectez un air triste, faites la moue en me regardant quand je tourne le dos ; faites-vous des signes d'intelligence, soutenez cette agréable plaisanterie ; il en sera parlé dans le monde, de ce jeu si bien joué. – Si vous aviez quelque pitié, quelque générosité, quelque idée des bons procédés, vous ne me prendriez pas pour le sujet de vos railleries. Mais, adieu, je vous laisse : c'est en partie ma faute ; et la mort, ou l'absence y porteront bientôt remède.

LYSANDRE. – Arrêtez, aimable Hélène : écoutez mon excuse, ma bien-aimée, ma vie, mon âme, belle Hélène !

HÉLÈNE. – Oh ! admirable !

HERMIA, *à Lysandre*. – Cher amant, ne l'insulte pas ainsi.

DÉMÉTRIUS. – Si elle ne l'obtient pas de bon gré, je puis l'y forcer, moi.

LYSANDRE. – Tu ne peux pas plus m'y forcer, qu'Hermia ne peut l'obtenir par ses instances. Tes menaces n'ont pas plus de force que ses impuissantes prières. – Hélène, je t'aime ; sur ma vie, je t'aime ; je jure sur ma vie, que je veux perdre pour toi, de convaincre de mensonge celui qui osera dire que je ne t'aime pas.

DÉMÉTRIUS, *à Hélène*. – Je te proteste que je t'aime plus qu'il ne peut t'aimer.

LYSANDRE. – Si tu parles ainsi, retirons-nous, et prouve-le-moi.

DÉMÉTRIUS. – Allons, sur-le-champ, viens.

HERMIA. – Lysandre, où peut tendre tout ceci ?

LYSANDRE. – Loin de moi, noire Éthiopienne.

DÉMÉTRIUS. – Non : ne craignez pas ; il fait semblant de vouloir s'arracher de vos mains. – Allons, faites comme si vous vouliez me suivre : mais cependant, ne venez pas. – Vous êtes un homme bien doux, allez !

LYSANDRE. – Lâche-moi, chat, glouteron, vile créature, laisse-moi libre, ou je vais te secouer loin de moi comme un serpent.

HERMIA. – Pourquoi donc êtes-vous devenu si dur pour moi ?

Que veut dire ce changement, mon cher amant ?

LYSANDRE. – Ton amant ? Loin de moi, noire Tartare ; loin de moi : loin, médecine nauséabonde, potion odieuse, loin de moi !

HERMIA. – Ne plaisantes-tu pas ?

HÉLÈNE. – Oh ! sûrement, il plaisante, et vous aussi.

LYSANDRE. – Démétrius, je te tiendrai ma parole.

DÉMÉTRIUS. – Je voudrais en avoir votre obligation bien en forme ; car je m'aperçois qu'un faible lien vous retient : je ne me fie pas à votre parole.

LYSANDRE. – Quoi ! voulez-vous que je la blesse, que je la frappe, que je la tue ? Quoique je la haïsse, je ne veux pas la maltraiter.

HERMIA. – Et quel mal plus grand peux-tu me faire, que de me haïr ?… Me haïr ! et pourquoi ? Ô malheureuse ! Quel changement étrange, mon bien-aimé ! Ne suis-je pas Hermia ? N'es-tu pas Lysandre ? Je suis aussi belle maintenant que par le passé : cette nuit, tu m'aimais ; et cependant, c'est cette nuit que tu m'as quittée. Quoi ! tu m'as donc quittée ? Que les dieux m'en gardent ! Bien sérieusement, est-il possible ?

LYSANDRE. – Oui, sur ma vie ; et je n'ai jamais désiré de te revoir : ainsi, laisse de côté les espérances, les questions et les doutes. Sois-en bien assurée ; rien n'est plus vrai : ce n'est point un jeu ; je te hais, et j'aime Hélène.

HERMIA. – Ah ! malheureuse que je suis ! – *(À Hélène.)* Toi, fourbe, poison de ma vie, voleuse d'amour ; quoi ! tu es venue la nuit, et tu m'as volé le cœur de mon amant ?

HÉLÈNE. – Charmant, ma foi ! N'avez-vous aucune modestie, aucune pudeur de jeune fille, aucune nuance de décence ? Quoi ! voulez-vous arracher à ma langue patiente des réponses de colère ?

ACTE TROISIÈME

Fi donc ! fi ! actrice, marionnette !

HERMIA. – Une marionnette ? Pourquoi ? – Oui ! voilà le secret : je reconnais maintenant qu'elle a fait des comparaisons entre nos tailles, qu'elle a vanté la hauteur de la sienne ; et qu'avec l'avantage de sa tournure, de sa belle tournure, oh ! sûrement, elle l'a emporté près de lui. Et êtes-vous donc montée si haut dans son estime, parce que je suis petite comme une naine ? – Suis-je donc si petite, grand mât de cocagne ? Parle ; suis-je donc si petite ? Je ne suis pas encore si petite, que mes ongles ne puissent atteindre à tes yeux.

HÉLÈNE. – Je vous prie, messieurs, contentez-vous de me faire votre jouet ; empêchez du moins qu'elle ne me blesse : jamais je ne fus une femme méchante, jamais je n'eus de talent pour les rixes ; je suis bien de mon sexe par ma timidité : empêchez-la de me frapper. Vous pourriez croire peut-être, parce qu'elle est un peu plus petite que moi, que je suis en état de lui tenir tête.

HERMIA. – Plus petite ! Vous voyez, elle le répète encore.

HÉLÈNE. – Bonne Hermia, ne sois pas si amère pour moi ; je t'ai toujours aimée, Hermia ; j'ai toujours gardé fidèlement tes secrets ; jamais je ne t'ai fait le moindre tort, excepté, lorsque par amour pour Démétrius je lui ai dit que tu t'étais sauvée dans ce bois : il t'a suivie, je l'ai suivi par amour ; mais lui m'a chassée, et il m'a menacée de me maltraiter, de me fouler aux pieds, et même de me tuer ; et maintenant, si vous voulez me laisser aller en paix, je vais reporter ma folle passion dans Athènes, et je ne vous suivrai plus. Laissez-moi m'en aller ; vous voyez combien je suis simple, et combien je suis folle.

HERMIA. – Eh bien ! partez : qui vous retient ?

HÉLÈNE. – Un cœur insensé, que je laisse ici derrière moi !

HERMIA. – Avec qui ? avec Lysandre ?

HÉLÈNE – Avec Démétrius.

William Shakespeare

LYSANDRE. – Ne crains rien, chère Hélène ; elle ne te fera pas de mal.

DÉMÉTRIUS. – Non, certes ; elle ne lui en fera aucun, quand vous prendriez son parti.

HÉLÈNE. – Oh ! quand elle est en colère, elle est méchante et rusée ; c'était un petit renard quand elle allait à l'école ; et quoiqu'elle soit petite, elle est violente.

HERMIA. – Petite encore ? Toujours petite ? naine ? Quoi ! souffrirez-vous qu'elle m'insulte ainsi ? Laissez-moi approcher d'elle.

LYSANDRE. – Va-t'en naine, diminutif de femme, créature nouée par l'herbe sanguinaire[1], grain de verre, gland de chêne.

DÉMÉTRIUS. – Vous êtes trop officieux à obliger celle qui dédaigne vos services. Laissez-la à elle-même, ne parlez point d'Hélène : ne prenez point son parti ; car si jamais vous prétendez lui donner le moindre signe d'amour, vous le payerez cher.

LYSANDRE. – Eh bien, à présent, elle ne me retient plus : voyons, suivez-moi, si vous l'osez, et allons décider qui de nous deux a le plus de droit au cœur d'Hélène.

DÉMÉTRIUS. – Te suivre ? Je vais marcher à côté de toi.

(Lysandre et Démétrius sortent.)

HERMIA. – C'est vous, madame, qui êtes la cause de cette querelle ! Non, ne vous en allez pas.

HÉLÈNE. – Je ne me fie point à vous, et je ne resterai pas plus longtemps dans votre compagnie maudite ; vos mains sont plus promptes aux coups que les miennes, mais mes jambes sont plus longues pour les éviter.

1 La sanguinaire est une papavéracée (polyandrie monogyne) à laquelle on attribuait autrefois la vertu de *nouer* les enfants et les animaux, d'empêcher leur croissance.

ACTE TROISIÈME

(Elle sort.)

HERMIA. – Je suis confondue et ne sais que dire.

(Hermia poursuit Hélène)

OBERON. – Voilà l'ouvrage de ta négligence ; tu fais toujours des bévues, ou c'est à dessein que tu joues de ces tours.

PUCK. – Croyez-moi, roi des fantômes, c'est une méprise. Ne m'aviez-vous pas dit que je reconnaîtrais l'homme à son costume athénien ? Et je suis innocent de l'erreur que j'ai commise, puisque c'est en effet un Athénien dont j'ai oint les yeux ; mais je suis loin d'être fâché de ce qui est arrivé, puisque je regarde cette querelle comme un divertissement.

OBERON. – Tu vois que ces amants cherchent un lieu pour se battre : hâte-toi donc, Robin, pars ; redouble l'obscurité de la nuit, couvre à l'instant la voûte étoilée d'un épais brouillard, aussi noir que l'Achéron ; et puis, égare si bien ces rivaux acharnés, que l'un ne puisse jamais se rencontrer dans le chemin de l'autre : tantôt forme ta langue à parler comme la voix de Lysandre, et alors provoque Démétrius par des défis amers ; tantôt raille Lysandre comme si tu étais Démétrius, et éloigne-les sans cesse l'un de l'autre, jusqu'à ce que le sommeil, image de la mort, se glisse sur leurs paupières avec ses jambes de plomb et ses ailes de chauve-souris ; alors exprime sur l'œil de Lysandre cette herbe dont la liqueur a la salutaire vertu d'en enlever toute illusion, et de rendre aux prunelles leur vue accoutumée : lorsqu'ils viendront à se réveiller, toute cette scène de dérision leur paraîtra un rêve, une vision imaginaire, et ces amants reprendront le chemin d'Athènes, unis par une amitié qui ne finira qu'avec leur vie. Tandis que je te charge de cette affaire, moi, je vais rejoindre ma reine, et lui demander son petit Indien ; après cela, je désenchanterai ses yeux de leur admiration pour le monstre, et la paix sera rétablie partout.

PUCK. – Souverain des fées, il faut nous hâter d'exécuter cette tâche ; car les dragons de la nuit fendent à plein vol les nuages, et

William Shakespeare

l'avant-coureur de l'aurore brille déjà là-bas ! À son approche, vous le savez, les spectres qui erraient çà et là s'enfuient par troupes vers les cimetières ; toutes ces ombres damnées qui ont leur sépulture dans les carrefours et les flots[1] sont déjà retournées à leur couche peuplée de vers ; de peur que le jour ne contemple leur honte, elles s'exilent volontairement de la lumière, et se résignent à être à jamais les compagnes de la nuit au front noir.

OBERON. – Mais nous, nous sommes des esprits d'une autre nature. Moi, j'ai souvent joué avec la lumière du matin ; et je puis, comme un garde des forêts, fouler le tapis des bois, même jusqu'à l'instant où la porte de l'orient, toute rouge de feux, venant à s'ouvrir, verse sur Neptune de célestes rayons, et change en or ses ondes vertes et salées. Mais cependant hâte-toi ; ne perds pas un instant : nous pouvons encore achever cette affaire avant le jour.

(Oberon sort.)

PUCK.

Par monts et par vaux, par monts et par vaux,
Je vais les mener par monts et par vaux ;
Je suis craint dans les campagnes et les villes.
Esprit, mène-les par monts et par vaux.
En voici un.

(Entre Lysandre.)

LYSANDRE. – Où es-tu donc, orgueilleux Démétrius ? Réponds-moi.

PUCK. – Me voici, lâche, tout prêt et en garde. Où es-tu ?

LYSANDRE. – Je vais te joindre tout à l'heure.

PUCK. – Suis-moi donc sur un terrain plus uni.

1 « Les fantômes suicidés enterrés dans les carrefours, et ceux des noyés, étaient condamnés à errer l'espace de cent ans, parce que les rites de la sépulture n'avaient pas été accomplis. » STEEVENS.

ACTE TROISIÈME

(Lysandre sort et suit la voix.)
(Entre Démétrius.)

DÉMÉTRIUS – Lysandre ! – Réponds-moi encore : lâche fuyard, où t'es-tu donc sauvé ? Parle. Es-tu dans un buisson ? Où caches-tu donc ta tête ?

PUCK. – Et toi, poltron, te vantes-tu donc aux étoiles ? Tu dis aux buissons que tu veux te battre, et tu n'oses pas approcher ? Viens donc, perfide ; viens, timide enfant, je vais te châtier avec une verge : c'est se déshonorer que de tirer l'épée contre toi.

DÉMÉTRIUS. – Ha ! es-tu là ?

PUCK. – Suis ma voix : ce n'est pas ici une place propre à essayer notre courage.

(Ils sortent tous deux.)

LYSANDRE *reparaît seul.* – Il fuit toujours devant moi, et toujours en me défiant : lorsque j'arrive au lieu d'où il me provoque, il est toujours parti. Le lâche a le pied bien plus léger que moi ; je l'ai suivi de toute ma vitesse ; mais il fuyait plus vite encore, et je me suis à la fin engagé dans un sentier sombre et raboteux : je veux me reposer ici. – Hâte-toi, jour bienfaisant. *(Il se couche sur la terre.)* Pour peu que tu me montres ta lumière naissante, je trouverai Démétrius, et je satisferai ma vengeance.

(Il dort.)
(Démétrius reparaît et Puck aussi.)

PUCK. – Oh ! oh ! oh, oh ! poltron ; pourquoi n'avances-tu pas ?

DÉMÉTRIUS. – Attends-moi, si tu l'oses ; car je sais bien que tu cours devant moi, que tu changes toujours de place, et que tu n'oses ni m'attendre de pied ferme, ni me regarder en face. Où es-tu ?

PUCK. – Viens ici : me voilà.

William Shakespeare

DÉMÉTRIUS, *courant du côté de la voix*. – Tu te moques de moi ; mais, va, tu me le payeras cher, si j'aperçois jamais ton visage à la lueur du jour : maintenant va ton chemin. – La faiblesse me contraint de m'étendre ici de ma longueur sur ce lit froid. – À l'approche du jour, attends-toi à me revoir.

(Il se couche sur la bruyère et dort.)
(Hélène entre.)

HÉLÈNE. – Ô pénible nuit ! ô longue et ennuyeuse nuit ! abrége tes heures. Brille à l'orient, consolante lumière, que je puisse au lever du jour retourner à Athènes, et m'éloigner de ceux qui détestent ma présence importune. – Et toi, sommeil, qui daignes quelquefois fermer les yeux du chagrin, dérobe-moi pour quelques instants à moi-même.

(Elle se couche et s'endort.)

PUCK. – Rien que trois encore d'endormis ? Qu'il en vienne encore une, deux couples font quatre. – La voici qui arrive courroucée et triste. – Cupidon est un fripon d'enfant, de rendre ainsi folles les pauvres femmes.

(Entre Hermia.)

HERMIA. – Jamais je ne fus si lasse, jamais je ne fus si désespérée : trempée de rosée, déchirée par les ronces, je ne peux ni aller, ni me traîner plus loin : mes jambes ne peuvent suivre le pas de mes désirs : il faut que je me repose ici jusqu'au point du jour. Que le ciel couvre Lysandre d'un bouclier, si leur intention est de se battre !

(Elle se couche.)

PUCK.

Sur la terre
Dormez profondément ;

ACTE TROISIÈME

Sur votre œil
J'appliquerai
Mon remède. Tendre amoureux

(Il exprime le jus de son herbe sur l'œil de Lysandre.)

À ton réveil
Tu prendras
Un vrai plaisir
En revoyant
Les yeux de ta première amante,
Et le proverbe rustique bien connu,
Qu'il faut que chacun prenne ce qui lui appartient,
S'accomplira à votre réveil :
Jacquot aura Gilette,
Rien n'ira mal.
L'homme recouvrera sa jument, et tout ira bien.

FIN DU TROISIÈME ACTE.

ACTE QUATRIÈME

SCÈNE I
Toujours dans le bois.
TITANIA, BOTTOM, LES FÉES qui sont à sa suite ; OBERON
qui les suit sans en être aperçu.

TITANIA, *à Bottom.* – Viens, assieds-toi sur ce lit de fleurs ; pendant que je caresse tes charmantes joues ; je veux attacher des roses musquées sur ta tête douce et lisse, et baiser tes belles et longues oreilles, toi la joie de mon cœur.

BOTTOM. – Où est Fleur-des-Pois ?

FLEUR-DES-POIS. – Me voici.

BOTTOM. – Grattez-moi la tête, Fleur-des-Pois. – Où est monsieur Toile-d'Araignée ?

TOILE-D'ARAIGNÉE. – Me voici.

BOTTOM. – Monsieur Toile-d'Araignée, mon cher monsieur, prenez vos armes, et tuez-moi ce bourdon aux cuisses rouges, qui est sur la fleur de ce chardon ; puis, mon cher monsieur, apportez-moi son sac de miel. Ne vous échauffez pas trop dans l'opération, monsieur, et ayez soin, mon bon monsieur, de ne pas crever le sac au miel : je n'aimerais pas à vous voir tout inondé de miel, seigneur. – Où est M. Grain-de-Moutarde ?

GRAIN-DE-MOUTARDE. – Me voici.

BOTTOM. – Donnez-moi votre poing, monsieur Grain-de-Moutarde ! – Je vous prie, cessez vos compliments, monsieur Grain-de-Moutarde !

GRAIN-DE-MOUTARDE. – Que désirez-vous ?

BOTTOM. – Rien, monsieur, rien de plus que d'aider au cavalier Fleur-des-Pois à me gratter la tête : il faudra que j'aille trouver le barbier, monsieur ; car il me semble que j'ai furieusement de poil à la figure ; et je suis un âne si délicat que, pour peu que mon poil me démange, il faut que je me gratte.

TITANIA. – Mon doux ami, voulez-vous entendre un peu de musique ?

BOTTOM. – J'ai une assez bonne oreille en musique. Allons, faites venir les pincettes et la clef.

TITANIA. – Ou dites, cher amour, ce qui vous ferait plaisir à manger.

BOTTOM. – À dire vrai, un picotin d'avoine : je pourrais mâcher votre bonne avoine sèche ; il me semble que j'aurais grande envie d'une botte de foin ; du bon foin, du foin parfumé, il n'y a rien d'égal à cela.

TITANIA. – J'ai une fée déterminée qui ira fouiller dans le magasin de l'écureuil, et qui vous apportera des noix nouvelles.

BOTTOM. – Je préférerais une poignée ou deux de pois secs ; mais, je vous prie, que personne de vos gens ne me dérange ; je sens une certaine *exposition* au sommeil qui me vient.

TITANIA. – Dors, et je vais t'enlacer dans mes bras. – Fées, partez, et dispersez-vous dans toutes les directions. Ainsi le chèvrefeuille parfumé s'entrelace amoureusement : ainsi le lierre femelle entoure de ses anneaux les bras d'écorce de l'ormeau[1]. Oh ! comme je t'aime ! oh ! comme je t'adore !

(Ils dorment.)
(Oberon s'avance. Puck revient.)

OBERON. – Sois le bienvenu, bon Robin, vois-tu ce charmant spectacle ? Je commence à avoir pitié de sa folie. Tout à l'heure, l'ayant rencontrée derrière le bois, cherchant de douces fleurs pour cet odieux imbécile, je lui en ai fait des reproches et me suis querellé avec elle. Elle avait ceint ses tempes velues d'une couronne de fleurs odorantes et fraîches ; et cette rosée qui s'enflait naguère en gouttes sur les boutons, telle que de rondes perles d'orient, semblait au cœur de ces jolies petites fleurs autant de larmes qui pleuraient leur disgrâce. Quand je l'eus grondée à mon gré, et qu'elle eut imploré mon pardon en termes soumis, je lui demandai alors son petit nain : elle me le donna aussitôt, et envoya ses fées le porter dans mon royaume ; maintenant que je tiens l'enfant, je veux dissiper l'odieuse erreur de ses yeux. Ainsi, aimable Puck, ôte ce crâne enchanté de la tête de cet artisan athénien, afin qu'en se réveillant avec les autres il puisse regagner Athènes, et ne plus songer aux accidents de cette nuit que comme aux tourments chimériques d'un rêve. Mais je veux commencer par délivrer la reine des fées.

(Il s'approche d'elle, et dit en lui touchant les yeux avec une herbe.)

---

1 *Ulmo conjuncta marito.*

William Shakespeare

Sois comme tu avais coutume d'être.
Vois comme tu avais coutume de voir :
C'est le bouton de Diane sur la fleur de Cupidon[1]
Qui est doué de cette vertu céleste.
Allons, ma chère Titania ; éveillez-vous, ma douce reine.

TITANIA. – Mon Oberon ! quelles visions j'ai eues ! Il m'a semblé que j'étais amoureuse d'un âne.

OBERON, *montrant Bottom.* – Voilà votre amant.

TITANIA. – Comment ces choses sont-elles arrivées ? Oh ! comme mes yeux abhorrent maintenant son visage !

OBERON. – Silence, un instant. – Robin, enlève cette tête. – Titania, appelez votre musique, et accablez les sens de ces cinq personnages d'un sommeil plus profond qu'à l'ordinaire.

TITANIA. – De la musique ! holà ! de la musique ! celle qui procure le sommeil.

PUCK. – Maintenant quand tu te réveilleras, vois avec tes propres yeux, ceux d'un sot.

OBERON. – Musique, commencez. *(On entend une musique assoupissante.)* Venez, ma reine ; donnez-moi la main, ébranlons la terre où sont couchés ces dormeurs. Maintenant nous sommes amis de nouveau, vous et moi ; et demain, à minuit, nous danserons des danses solennelles et triomphantes dans la maison du duc Thésée, et nous la bénirons pour toute sa belle postérité. Là aussi seront unis joyeusement, en même temps que Thésée, tous ces couples d'amants fidèles.

PUCK.

Roi des fées, écoute, fais attention,

---

1 Le bouton de Diane, c'est le bouton de l'*agnus castus*, et la fleur de Cupidon, la *viola tricolor*.

ACTE QUATRIÈME

J'entends l'alouette matinale.

OBERON.

Allons, ma reine, dans un grave silence,
Suivons en dansant l'ombre de la nuit.
Nous pouvons faire le tour du globe
D'un pas plus rapide que la lune errante.

TITANIA.

Venez, mon époux ; et, dans notre vol
Dites-moi comment il s'est fait cette nuit
Que vous m'avez trouvée dormant ici
Par terre avec ces mortels.

(Ils sortent.)
(Paraissent Thésée, Égée, Hippolyte et leur suite.)

THÉSÉE. – Allez, l'un de vous, et trouvez-moi le garde forestier, car notre cérémonie est finie ; et puisque voici le point du jour, ma bien-aimée entendra le concert de mes chiens. – Découplez-les dans le vallon de l'ouest : allez. – Dépêchez, vous dis-je, et trouvez le garde. – Nous allons, ma belle reine, gravir le sommet de la montagne, pour écouter la confusion harmonieuse des voix des chiens et de l'écho réunis.

HIPPOLYTE. – J'étais un jour avec Hercule et Cadmus, lorsqu'ils chassaient l'ours dans une forêt de Crète avec des chiens de Sparte : jamais je n'entendis plus vigoureuse battue. Les bois, les cieux, les fontaines, les environs entiers semblaient retentir d'un seul cri. Jamais je n'ai entendu de dissonance aussi harmonieuse, et un vacarme aussi agréable.

THÉSÉE. – Mes chiens sont de race lacédémonienne, à large gueule, tachetés de roux, leurs têtes sont ornées de longues oreilles pendantes qui balayent la rosée du matin ; les jambes sont arquées comme celle des taureaux de Thessalie ; ils sont lents à la poursuite, mais assortis en voix comme des cloches accordées à l'octave. Jamais cri plus harmonieux ne fit retentir les tayauts, et ne fut égayé par les cors, dans la Crète, à Sparte ou dans la Thessalie. Vous allez les entendre et en juger. – Mais, chut ! quelles sont ces nymphes ?

ÉGÉE. – Mon prince, c'est ma fille qui est endormie ici : celui-ci, c'est Lysandre ; voilà Démétrius ; et voici Hélène, la fille du vieux Nédar. Je suis bien étonné de les trouver ici tous ensemble.

THÉSÉE. – Sans doute ils se seront levés de grand matin pour célébrer la fête de mai ; et, instruits de nos intentions, ils sont venus ici orner la pompe de notre hymen. Mais, parlez, Égée ; n'est-ce pas aujourd'hui le jour où Hermia doit donner sa réponse sur son choix ?

ÉGÉE. – Oui, mon prince.

THÉSÉE. – Allez, ordonnez aux chasseurs de les réveiller au bruit du cor.

(On entend des cors et des cris de joie.)
(Démétrius, Lysandre, Hermia et Hélène se réveillent en sursaut et se relèvent.)

THÉSÉE. – Bonjour, mes amis : la Saint-Valentin[1] est passée. – Ces oiseaux des bois ne commencent-ils à s'accoupler qu'à présent ?

(Tous se prosternent devant Thésée.)

LYSANDRE. – Pardon, mon prince.

THÉSÉE. – Je vous prie, levez-vous tous : je sais que vous êtes deux rivaux ennemis. Comment s'est opérée cette paisible réunion entre vous ? Comment votre haine est-elle devenue si peu jalouse,

---

1 Allusion au proverbe que les oiseaux commencent à s'accoupler à la Saint-Valentin.

que je vous trouve dormant près de la haine, sans craindre l'un de l'autre aucune inimitié ?

LYSANDRE. – Mon prince, je vous répondrai avec étonnement, à demi endormi, à demi éveillé : mais en vérité, il m'est encore impossible de dire comment je suis venu en ce lieu. Je présume, car je voudrais vous dire la vérité… et en ce moment, je me rappelle… oui, je me le rappelle, je suis venu ici avec Hermia ; notre dessein était de sortir d'Athènes, afin d'échapper aux dangers de la loi athénienne.

ÉGÉE. – C'est assez, c'est assez, mon prince ; vous en avez assez entendu : je réclame la loi contre lui. – Ils voulaient s'évader ; et par cette fuite, Démétrius, ils voulaient nous frustrer, vous de votre épouse, moi de mon consentement à ce qu'elle devînt votre femme.

DÉMÉTRIUS. – Noble duc, c'est la belle Hélène qui m'a informé de leur évasion dans ce bois, et du dessein qui les y conduisait ; et moi, dans ma fureur, je les ai suivis jusqu'ici ; et la belle Hélène, poussée par sa tendresse, m'a suivie. Mais, mon bon prince, je ne sais par quelle puissance (sans doute par quelque puissance supérieure) mon amour pour Hermia, fondu comme la neige, me semble en ce moment le souvenir confus des vains hochets dont je raffolais dans mon enfance ; et maintenant l'unique objet de ma foi, de toutes les affections de mon cœur, l'objet et le plaisir de mes yeux, c'est Hélène seule ; j'étais fiancé avec elle, mon prince, avant que j'eusse vu Hermia : comme un malade, je me dégoûtai de cette beauté ; mais aujourd'hui bien portant, je reviens à mon goût naturel ; maintenant, je la veux, je l'aime, je la désire, et je lui serai à jamais fidèle[1].

THÉSÉE. – Beaux amants, la rencontre est heureuse. Nous entendrons plus tard les détails de cette aventure. – Égée, je triompherai de votre volonté, tout à l'heure, dans le même temple, avec nous, ces deux couples seront éternellement unis ; et nous laisserons là notre projet de chasse, car la matinée est déjà un peu avancée. –

---

1 Ces méprises d'amour ont sans doute donné l'idée du dix-septième chant de la *Pucelle*.

William Shakespeare

Allons, retournons tous à Athènes ; nous allons célébrer à nous six une fête solennelle. – Venez, Hippolyte.

(Thésée et Hippolyte sortent avec leur suite.)

DÉMÉTRIUS. – Toutes ces aventures paraissent comme des objets imperceptibles, comme des montagnes éloignées et confondues avec les nuages.

HERMIA. – Il me semble que je vois ces objets d'un œil troublé ; tout me paraît double.

HÉLÈNE. – C'est la même chose pour moi ; et j'ai trouvé Démétrius comme un joyau qui est à moi, et qui n'est pas à moi.

DÉMÉTRIUS. – Il me semble à moi, que nous dormons, que nous rêvons encore. – Ne croyez-vous pas que le duc était tout à l'heure ici, et qu'il nous a dit de le suivre ?

HERMIA. – Oui, et mon père y était aussi.

HÉLÈNE. – Et Hippolyte.

LYSANDRE. – Et il nous a invités à le suivre au temple.

DÉMÉTRIUS. – Alors, nous sommes éveillés. – Suivons ses pas ; et en chemin, racontons-nous nos songes.

(Ils sortent ; au moment où ils s'en vont, Bottom se réveille.)

BOTTOM. – Quand mon tour viendra, appelez-moi, et je répondrai. – Ma première réplique est : *Très-beau Pyrame*. – Hé, holà ! – Pierre Quince ; Flute, le raccommodeur de soufflets ; Snout, le chaudronnier ; Starveling… Mort de ma vie ! ils se sont évadés d'ici et m'ont laissé endormi. – J'ai eu une bien étrange vision ! j'ai fait un songe… il est au-dessus des facultés de l'homme de dire ce qu'était ce songe. L'homme n'est qu'un âne, s'il veut se mêler d'expliquer ce rêve. Il me semblait que j'étais… – Il n'y a pas d'homme qui puisse dire ce que j'étais. Il me semblait que j'étais… et il me semblait que j'avais… – Mais l'homme n'est qu'un fou en habit d'arlequin, s'il entreprend de dire ce qu'il me semblait que j'étais. L'œil de l'homme n'a jamais ouï, l'oreille de l'homme n'a jamais vu ; la main de l'homme ne peut goûter, ni sa langue concevoir ni son cœur exprimer en paroles ce qu'était mon rêve. Je veux aller trouver Pierre Quince pour qu'il compose une ballade sur mon songe : on l'appellera *le rêve de Bottom*[1], parce que c'est un rêve sans fond ; et je le chanterai à la fin de la pièce, devant le duc : et peut-être même, pour rendre la pièce plus agréable, le chanterai-je à la mort de Thisbé.

(Il sort.)

SCÈNE II
La scène est à Athènes, dans la maison de Quince.
QUINCE, FLUTE, SNOUT ET STARVELING.

QUINCE. – Avez-vous envoyé chez Bottom ? Est-il rentré chez lui ?

STARVELING. – On ne peut avoir de ses nouvelles : sans doute, les esprits l'ont transporté loin d'ici.

FLUTE. – S'il ne vient pas, la pièce est perdue. Elle ne peut plus aller, n'est-ce pas ?

QUINCE. – Ce n'est pas possible : vous n'avez pas dans tout Athènes, d'autre homme que lui en état de jouer *Pyrame*.

FLUTE. – Non ; il a tout simplement le plus grand talent de tous les artisans d'Athènes.

QUINCE. – Oui, et la plus belle tournure aussi, un beau galant, avec une douce voix.

FLUTE. – Vous devriez dire une merveille incomparable. Un ga-

---

1 *Bottom* signifie le *fond.*

William Shakespeare

lant est, Dieu nous bénisse, une chose qui n'est bonne à rien !

(Entre Snug.)

SNUG. – Messieurs, le duc revient du temple ; et il y a deux ou trois seigneurs et dames de plus, qui se sont mariés en même temps que lui. Si notre divertissement eût été en train, notre fortune à tous était faite.

FLUTE. – Oh ! mon brave Bottom ! voilà comme il a perdu six sous par jour de revenu sa vie durant : il ne pouvait manquer d'avoir six sous par jour. Si le duc ne lui avait pas fait six sous par jour pour jouer Pyrame, je veux être pendu ! Et il les aurait bien mérités ; oui, six sous[1] par jour, ou rien pour le rôle de Pyrame.

(Survient Bottom.)

BOTTOM. – Où sont ces camarades ? où sont ces braves cœurs ?

QUINCE. – Bottom ! – Ô le superbe jour ! ô l'heure fortunée !

BOTTOM. – Messieurs, je vais vous raconter des merveilles… Mais ne me demandez pas ce que c'est ; car si je vous le dis, je ne suis pas un vrai Athénien : je vous dirai tout, exactement comme les choses se sont passées.

QUINCE. – Voyons, cher Bottom.

BOTTOM. – Vous n'aurez pas un mot de moi. Tout ce que je vous dirai, c'est que le duc a dîné. Revêtez-vous de vos habits ; de bonnes attaches à vos barbes, des rubans neufs à vos escarpins : rendez-vous tous au palais ; que chacun jette un coup d'œil sur son rôle ; car la fin de l'histoire est que notre pièce est le divertissement préféré. À tout événement que Thisbé ait soin d'avoir du linge propre ; et que celui qui joue le lion n'aille pas rogner ses ongles, car ils passeront pour les griffes du lion ; et, mes très-chers acteurs,

1 « Trait de satire contre Preston, auteur de la pièce de *Cambyse*. Il joua un rôle dans la *Didon* de Nash, devant Elisabeth, qui le gratifia d'une pension de vingt livres sterling par an (ce qui ne fait guère qu'un shilling par jour). » STEEVENS.

ACTE QUATRIÈME

ne mangez point d'ognons, ni d'ail, car il faut que nous ayons une haleine douce ; et, moyennant tout cela, je ne doute pas que nous ne les entendions dire : *Voilà une charmante comédie !* Plus de paroles ; allons, partons.

(Ils sortent.)

FIN DU QUATRIÈME ACTE.

ACTE CINQUIÈME

SCÈNE I
Athènes. – Appartement dans le palais de Thésée.
THÉSÉE, HIPPOLYTE, PHILOSTRATE, SEIGNEURS, Suite.

HIPPOLYTE. – Cela est étrange, mon cher Thésée, ce que racontent ces amants !

THÉSÉE. – Plus étrange que vrai. Jamais je ne pourrai ajouter foi à ces vieilles fables, ni à ces jeux de féerie. Les amants et les fous ont des cerveaux bouillants, une imagination féconde en fantômes, et qui conçoit au delà de ce que la froide raison peut jamais comprendre. Le fou, l'amoureux et le poëte sont tout imagination. L'un voit plus de démons que l'enfer ne peut en contenir ; c'est le fou ; l'amoureux, non moins extravagant, voit la beauté d'Hélène sur un front égyptien. L'œil du poëte, roulant dans un beau délire, lance son regard du ciel à la terre, et de la terre aux cieux ; et comme l'imagination donne un corps aux objets inconnus, la plume du poëte leur imprime de même des formes, et assigne à un fantôme aérien une demeure et un nom particulier ; tels sont les jeux d'une imagination puissante ; si elle conçoit un sentiment de joie, elle crée aussitôt un être, messager de cette joie : ou si, dans la nuit, elle se forge quelque terreur, avec quelle facilité un buisson devient un ours !

HIPPOLYTE. – Mais toute l'histoire qu'ils ont racontée de ce qui s'est passé cette nuit, leurs idées ainsi transformées, tout cela annonce plus que les illusions de l'imagination, et présente quelque chose de réel, mais de toute façon, d'admirable et d'étrange.

(Entrent Lysandre, Démétrius, Hermia et Hélène.)

THÉSÉE. – Voici nos amants qui viennent pleins de joie et d'allégresse. – Que le bonheur et de longs jours d'amour accompagnent vos cœurs, aimables amis !

LYSANDRE. – Que des jours plus beaux encore suivent les pas de Votre Altesse, et éclairent votre table et votre couche !

THÉSÉE. – Allons, quelles mascarades, quelles danses aurons-nous pour consumer sans ennui ce siècle de trois heures, qui doit s'écouler entre le souper et l'heure du lit ? Où est l'ordonnateur habituel de nos fêtes ? Quels divertissements sont préparés ? N'y a-t-il point de comédie, pour soulager les angoisses de cette heure éternelle ? Appelez Philostrate.

PHILOSTRATE. – Me voici, puissant Thésée.

THÉSÉE. – Dites ; quel passe-temps avez-vous pour cette soirée ? Quelle mascarade ? Quelle musique ? Comment tromperons-nous l'ennui du temps paresseux, si nous n'avons pas quelque plaisir pour nous distraire ?

PHILOSTRATE. – Voilà la liste des divertissements qui sont préparés. Choisissez celui que Votre Altesse préfère voir le premier.

(Il lui remet un écrit.)

THÉSÉE *lit.* – *Le combat des centaures pour être chanté par un eunuque athénien, sur la harpe.* – Nous ne voulons pas de cela ; j'en ai fait tout le récit à ma bien-aimée, à la gloire de mon parent Hercule. – *La fureur des bacchantes enivrées, déchirant le chantre de la Thrace dans leur rage.* – C'est un vieux sujet ; et je l'ai vu jouer la dernière fois que je revins vainqueur de Thèbes. – *Les neuf muses pleurant la mort de la Science, récemment décédée dans l'indigen-*

ACTE CINQUIÈME

ce[1]. – C'est quelque critique, quelque satire mordante, et cela ne va pas à une fête de noces. – *Une ennuyeuse et courte scène du jeune Pyrame, avec sa maîtresse Thisbé ; farce vraiment tragique.* – Tragique et comique à la fois ! courte et ennuyeuse ! C'est comme qui dirait de la glace chaude, et de la neige d'une espèce aussi rare. Comment accorder ces contraires ?

PHILOSTRATE. – C'est, mon prince, une pièce longue de quelque dizaine de mots, ce qui est aussi court qu'aucune pièce de ma connaissance ; mais avec ces dix mots, mon prince, elle est encore trop longue, ce qui la rend ennuyeuse ; car, dans toute la pièce, il n'y a pas un mot à sa place, ni un seul acteur propre à son rôle ; et c'est une pièce tragique, mon prince ; car Pyrame se tue lui-même à la fin : ce qui, je vous l'avoue, quand je l'ai vu répéter, a rendu mes yeux humides ; mais de larmes plus gaies, que n'en ont jamais fait jaillir les plus bruyants éclats de rires.

THÉSÉE. – Quels sont les acteurs ?

PHILOSTRATE. – Des artisans, aux mains calleuses, qui travaillent ici dans Athènes, mais qui n'ont jamais travaillé d'esprit jusqu'à ce moment ; ils se sont avisés aujourd'hui de charger de cette pièce leur mémoire inexercée, pour la cérémonie de vos noces.

THÉSÉE. – Nous voulons la voir jouer.

PHILOSTRATE. – Non, mon noble duc ; elle n'est pas digne de vous : je l'ai entendue d'un bout à l'autre, et cela ne vaut rien, rien au monde ; à moins que vous ne trouviez quelque amusement dans leur intention, en les voyant se tourmenter, et réciter avec tant de peine, pour plaire à Votre Altesse.

THÉSÉE. – Je veux entendre cette pièce : tout ce qui est offert par la simplicité et le zèle est toujours bien. Allez, faites-les venir. – Et vous, mesdames, prenez vos places.

---

1 Allusion à un poëme de Spencer. Ce poëte mourut de misère en 1598.

William Shakespeare

(Philostrate sort.)

HIPPOLYTE. – Je n'ai pas de plaisir à voir des malheureux échouer, et le zèle succomber dans ses efforts pour plaire.

THÉSÉE. – Hé ! ma chère, vous ne verrez pas cela non plus.

HIPPOLYTE. – Il dit qu'ils ne peuvent rien faire de supportable en ce genre.

THÉSÉE. – Nous n'en paraîtrons que plus généreux, en les remerciant, sans qu'ils nous aient rien donné. Notre plaisir sera de comprendre ce qui fait le sujet de leurs erreurs. Là où la bonne volonté échoue, un noble cœur considère l'intention, non le mérite de l'action. Dans mes voyages, souvent de grands clercs formaient le projet de me complimenter par des harangues longtemps étudiées ; et, lorsque je les voyais frissonner et pâlir, rester court au milieu de leurs périodes, étouffer dans leur peur leur voix exercée, et pour conclusion rester muets et sans harangue, croyez-moi, ma chère, je cueillais un compliment dans le silence, et j'en lisais autant dans la modestie de leur zèle timide, que dans la bruyante voix d'une éloquence audacieuse et arrogante ; l'affection et la simplicité muette m'en disent donc beaucoup plus que tout ce que je pourrais entendre.

(Philostrate revient.)

PHILOSTRATE. – S'il plaît à Votre Altesse, le Prologue est tout prêt.

THÉSÉE. – Qu'il s'avance.

(On joue une fanfare.)[1].
(Le Prologue entre.)

LE PROLOGUE. – « Si nous déplaisons, c'est avec notre bonne volonté ; il faut que vous pensiez que nous ne venons pas pour

---

1 Il paraît que le prologue était anciennement introduit au son des trompettes.

ACTE CINQUIÈME

offenser, mais par notre bonne volonté, vous montrer notre simple savoir-faire, voilà le véritable commencement de notre fin. Considérez donc que nous ne venons qu'avec dépit. Nous ne venons point comme pour vous contenter ; mais c'est notre véritable intention. Nous ne sommes pas ici pour votre plaisir ; que si vous avez regret, les acteurs sont tout prêts et par leur jeu vous saurez tout ce qu'il y a apparence que vous sachiez. »

THÉSÉE. – Ce garçon ne s'arrête pas sur les points.

LYSANDRE. – Il a galopé son prologue, comme un jeune cheval ; il ne connaît point d'arrêt. Voilà une bonne leçon, mon prince : il ne suffit pas de parler ; il faut parler sensément.

HIPPOLYTE. – En vérité, il a joué sur son prologue comme un enfant sur une flûte : des sons, mais sans mesure.

THÉSÉE. – Son discours ressemblait à une chaîne embrouillée ; il n'y avait aucun anneau de moins, mais tous étaient en désordre. Qui vient après lui ?

(Entrent Pyrame, Thisbé, la Muraille, le Clair-de-Lune et le Lion, comme dans une pantomime.)

LE PROLOGUE. – « Seigneurs, peut-être êtes-vous étonnés de ce spectacle ; mais étonnez-vous jusqu'à ce que la vérité vienne tout éclaircir. Ce personnage, c'est Pyrame, si vous voulez le savoir. Cette belle dame, c'est bien certainement Thisbé. Cet homme, enduit de chaux et de crépi, représente une muraille, cette odieuse muraille qui séparait ces deux amants ; et les pauvres enfants, il faut qu'ils se contentent de murmurer tout bas au travers d'une fente de la muraille, que personne ne s'en étonne. Cet autre, avec sa lanterne, un chien et un buisson d'épines, représente le clair de lune ; car, si vous voulez le savoir, ces deux amants ne se firent pas scrupule de se donner rendez-vous au clair de lune, à la tombe de Ninus, pour s'y faire la cour. Cette terrible bête, qui, de son nom, s'appelle un lion, fit reculer, ou plutôt épouvanta la fidèle Thisbé venant dans l'ombre de la nuit ; et en fuyant, elle laissa tomber

William Shakespeare

son manteau, que l'infâme lion teignit de sa gueule ensanglantée. Aussitôt arrive Pyrame, ce beau et grand jeune homme, et il trouve le manteau sanglant de sa fidèle Thisbé. À cette vue, avec son épée, sa coupable et sanguinaire épée, il perce bravement son sein bouillant ; et Thisbé, qui s'était arrêtée sous l'ombrage d'un mûrier, retira son poignard, et mourut. Quant au reste, que le Lion, le Clair-de-Lune, la Muraille et les deux amants l'expliquent dans leurs grands discours tant qu'ils seront en scène. »

(Sortent le Prologue, Thisbé, le Lion et le Clair-de-Lune.)

THÉSÉE. – Je me demande si le lion doit parler.

DÉMÉTRIUS. – Il n'y a rien d'étonnant à cela, mon prince : un lion peut parler, si tant d'ânes le peuvent[1].

LA MURAILLE. – « Dans le même intermède, il se trouve que moi, qui de mon nom m'appelle *Snout*, je représente une muraille, et une muraille qui, veuillez m'en croire, a un trou ou une crevasse, par laquelle les deux amants, Pyrame et Thisbé, murmuraient souvent en secret. Cette chaux, ce crépi et cette pierre vous montrent que je suis précisément cette muraille : voilà la vérité. Et voici à droite et à gauche l'ouverture, la lézarde par laquelle ces timides amants doivent se parler tout bas. »

THÉSÉE. – Peut-on demander à la chaux et à la bourre de mieux parler ?

DÉMÉTRIUS. – C'est, mon prince, le mur le plus spirituel que j'aie jamais entendu.

THÉSÉE. – Voilà Pyrame qui s'approche de la muraille : silence.

PYRAME. – « Ô nuit au lugubre visage, ô sombre nuit ! ô nuit, qui es toujours, quand le jour n'est plus ! ô nuit ! ô nuit ! hélas ! hélas ! je crains bien que ma Thisbé n'ait oublié sa promesse ! – Et toi, ô muraille ! ô douce et aimable muraille ! qui est élevée entre

---

1 Allusion à une fable de l'Estrange : *les Ânes juges de paix.*

le terrain de son père et le mien ! toi, muraille ! ô muraille ! ô muraille ! ô aimable et douce muraille, montre-moi ta lézarde, que je puisse regarder au travers avec mes yeux ! *(La muraille écarte ses doigts.)* Je te rends grâces, courtoise muraille ; que Jupiter te protége en récompense ! Mais, que vois-je ? Je ne vois point de Thisbé ! Ô maudite muraille, au travers de laquelle je ne vois point mon bonheur ; maudites soient tes pierres, pour me tromper ainsi ! »

THÉSÉE. – La muraille, étant sensible, devrait, ce me semble, le maudire à son tour.

PYRAME. – « Non, monsieur ; en vérité, elle ne le doit pas. – *Me tromper ainsi*, est la réclame du rôle de Thisbé : c'est à elle à paraître maintenant, et je vais la chercher des yeux à travers la muraille. Vous verrez que tout cela va arriver juste comme je vous l'ai dit. Tenez, la voilà qui vient. »

THISBÉ. – « Ô muraille ! tu as souvent entendu mes plaintes de ce que tu séparais mon beau Pyrame et moi : mes lèvres vermeilles ont souvent baisé tes pierres cimentées avec de la chaux et de la bourre ! »

PYRAME. – « Je vois une voix ; je veux m'approcher de la fente, pour voir si je peux entendre le visage de ma Thisbé. – Thisbé ! »

THISBÉ. – « Mon amant ! Tu es mon amant, je crois. »

PYRAME. – « Crois ce que tu voudras ; je suis ton cher amant, et je suis toujours fidèle comme Liandre[1]. »

THISBÉ. – « Et moi, comme Hélène, jusqu'à ce que les destins me tuent. »

PYRAME. – « Jamais Saphale[2] ne fut si fidèle à Procrus. »

---

1 Il y a, dans ce texte, Limandre. Liandre est le mot consacré dans nos parades ; le beau Liandre pour Léandre.

2 Saphale pour Céphale, Procrus pour Procris.

William Shakespeare

THISBÉ. – « Comme Saphale fut fidèle à Procrus, je le suis pour toi. »

PYRAME. – « Oh ! donne-moi un baiser par le trou de cette odieuse muraille. »

THISBÉ. – « Je baise le trou de la muraille, et point tes lèvres. »

PYRAME. – « Veux-tu venir tout à l'heure me rejoindre à la tombe de Ninny ? »

THISBÉ. – « À la vie ou à la mort, j'y vais sans délai. »

LA MURAILLE. – « Moi, muraille, me voilà à la fin de mon rôle ; et, mon rôle étant fini, c'est ainsi que la muraille s'en va. »

(La Muraille, Pyrame, Thisbé, sortent.)

THÉSÉE. – Maintenant la voilà donc à bas la muraille qui séparait les deux voisins.

DÉMÉTRIUS. – Il n'y a pas de remède, mon prince, quand les murailles sont si prestes à entendre sans en prévenir.

HIPPOLYTE. – Ceci est la plus sotte absurdité que j'aie jamais entendue.

THÉSÉE. – La meilleure de ces représentations n'est qu'une illusion, et la pire de toutes ne sera pas pire, si l'imagination veut l'embellir.

HIPPOLYTE. – Il faut que ce soit votre imagination qui s'en charge alors et non pas la leur.

THÉSÉE. – Si nous ne pensons pas plus d'eux qu'ils n'en pensent eux-mêmes, ils peuvent passer pour d'excellents acteurs. – Voici deux fameuses bêtes qui s'avancent, une lune et un lion.

ACTE CINQUIÈME

(Entrent le Lion et le Clair-de-Lune.)

LE LION. – « Belles dames, vous dont le cœur timide frémit à la vue de la plus petite souris qui court sur le plancher, vous pourriez ici frissonner et trembler d'effroi lorsqu'un lion féroce vient à rugir dans sa rage. Sachez donc que moi, Snug le menuisier, je ne suis ni un lion féroce ni la femelle d'un lion ; car si j'étais venu comme un lion irrité dans ce lieu, ma vie courrait de grands dangers. »

THÉSÉE. – Une fort bonne bête, et d'une honnête conscience.

DÉMÉTRIUS. – La meilleure bête, pour une bête bête, que j'ai jamais vue, mon prince.

LYSANDRE. – Ce lion est un vrai renard par la valeur.

THÉSÉE. – Cela est vrai ; et un véritable oison par la prudence.

DÉMÉTRIUS. – Non pas, mon prince, car sa valeur ne peut emporter sa prudence, et le renard emporte l'oison.

THÉSÉE. – Sa prudence, j'en suis sûr, ne peut emporter sa valeur ; car l'oison n'emporte pas le renard. C'est à merveille ; laissez-le à sa prudence, et écoutons la Lune.

LE CLAIR-DE-LUNE. – « Cette lanterne vous représente la lune et ses cornes. »

DÉMÉTRIUS. – Il aurait dû porter les cornes sur sa tête.

THÉSÉE. – Ce n'est pas un croissant ; et ses cornes sont invisibles dans la circonférence.

LE CLAIR-DE-LUNE. – « Cette lanterne représente la lune et ses cornes ; et moi j'ai l'air d'être l'homme dans la lune[1]. »

THÉSÉE. – Cette erreur est la plus grande de toutes : l'homme

---

1 Ce personnage n'était pas nouveau. Shakspeare le tourne ici en ridicule.

William Shakespeare

devrait être mis dans la lanterne ; autrement, comment serait-il l'homme dans la lune ?

DÉMÉTRIUS. – Il n'ose pas se fourrer là, à cause de la chandelle ; car vous voyez qu'elle flambe déjà.

HIPPOLYTE. – Je suis lasse de cette lune : je voudrais que la scène changeât.

THÉSÉE. – Il paraît, à sa petite lueur de prudence, qu'il est dans le décours. Mais cependant, par politesse et par raison, il faut attendre le temps voulu.

LYSANDRE. – Poursuis, lune.

LE CLAIR-DE-LUNE. – « Tout ce qui me reste à vous dire, c'est de vous déclarer que la lanterne est la lune ; moi l'homme dans la lune ; ce buisson d'épines, mon buisson d'épines ; et ce chien, mon chien. »

DÉMÉTRIUS. – Eh ! mais, tout cela devrait être dans la lanterne ; car ils sont dans la lune. Mais, silence ; voici Thisbé.

THISBÉ. – « Voici la tombe du vieux Ninny. Où est mon amant ? »

LE LION. – « Hoh ! »

(Le Lion rugit, Thisbé s'enfuit.)

DÉMÉTRIUS. – Bien rugi, lion !

THÉSÉE. – Bien couru, Thisbé !

HIPPOLYTE. – Bien brillé, lune ! – Vraiment, la lune luit de fort bonne grâce.

(Le Lion déchire le manteau de Thisbé, et sort.)

ACTE CINQUIÈME

THÉSÉE. – Bien mâché, lion !

DÉMÉTRIUS. – Et voilà Pyrame qui vient.

LYSANDRE. – Et la lune qui disparaît.

PYRAME. – « Douce lune, je te remercie de tes rayons solaires !
Je te rends grâces, lune, de ta clarté si brillante ; car à la lumière de
tes rayons gracieux, dorés et brillants, je me promets de goûter la
vue de la très-fidèle Thisbé ! »

> Mais, arrêtons, ô horreur !
> Mais, voyons : pauvre chevalier,
> Quel affreux objet s'offre ici ?
> Mes yeux, voyez-vous ?
> Comment cela peut-il être ?
> Ô ma petite poule, ô ma chère !
> Ton beau manteau,
> Quoi donc, est-il teint de sang ?
> Approchez, cruelles furies ;
> Ô destin : venez, venez,
> Coupez fil et filasse :
> Écrasez, détruisez, égorgez, et finissez tout !

THÉSÉE. – Cette fureur et la mort d'un tendre amant seraient
capables de rendre un homme triste.

HIPPOLYTE. – J'en veux à mon cœur ; mais j'ai pitié de lui.

PYRAME. – « Ô nature ! pourquoi formas-tu des lions ? Puisque
cet infâme lion a défloré ici ma chère maîtresse, qui est… non,
non, qui était la plus belle personne qui ait vécu, qui ait aimé, qui
ait caressé, qui ait regardé de ses beaux yeux. »

> Venez, larmes, confondez-vous, –
> À moi, mon épée, et blesse
> Le sein de Pyrame :
> Oui, le sein gauche

William Shakespeare

Où palpite le cœur.
Ainsi je meurs, je meurs, je meurs,
Maintenant je suis mort,
Maintenant je suis parti de ce monde ;
Mon âme est dans les cieux.
Langue, perds ta lumière ;
Lune, prends la fuite ;
Et maintenant, meurs, meurs, meurs.
Meurs, meurs.

(Il meurt. Le Clair-de-Lune sort.)

DÉMÉTRIUS. – Plus de dé pour lui si ce n'est l'as, car il n'est plus qu'*un*[1].

LYSANDRE. – Il est moins qu'un as, ami, car il est mort ; il n'est rien.

THÉSÉE. – Avec le secours d'un chirurgien, il pourrait en revenir encore et se trouver un âne.

HIPPOLYTE. – Par quel hasard le Clair-de-Lune s'en est-il allé, avant que Thisbé revienne et trouve son amant ?

THÉSÉE. – Elle le trouvera à la clarté des étoiles. – La voici qui s'avance, et sa douleur va finir la pièce.

(Thisbé paraît.)

HIPPOLYTE. – Il me semble qu'elle ne doit pas être fort longue, pour un pareil Pyrame ; j'espère qu'elle sera courte.

DÉMÉTRIUS. – Lequel de Pyrame ou de Thisbé vaut le mieux ? Un atome ferait pencher la balance.

LYSANDRE. – Elle l'a déjà aperçu avec ses beaux yeux.

---

1 « *Die*, mourir, et *die*, équivoque. » FARMER.

ACTE CINQUIÈME

DÉMÉTRIUS. – Et la voilà qui va gémir : vous allez entendre.

THISBÉ.

Dors-tu, mon amant ?
Quoi ! serais-tu mort, mon beau tourtereau ?
Ô Pyrame ! lève-toi :
Parle, parle-moi : tout à fait muet ?
Donc, mort, mort ? Une tombe
Doit donc couvrir tes yeux.
Ce front de lis,
Ce nez vermeil,
Ces joues jaunes comme la primevère,
Sont évanouis, sont évanouis.
Amants, gémissez ;
Ses yeux étaient verts comme porreau.
Ô vous, trio de sœurs,
Venez, venez à moi.
Avec vos mains pâles comme le lait,
Teignez-les dans le sang,
Puisque vous avez coupé
De vos ciseaux son fil de soie.
Langue, n'ajoute pas un mot ;
Viens, fidèle épée,
Viens, lame tranchante, plonge-toi dans mon sein,
Et adieu, mes amis.
Ainsi finit Thisbé.
Adieu, adieu, adieu.

(Elle meurt.)

THÉSÉE. – Le clair de lune et le lion sont restés pour enterrer les morts.

DÉMÉTRIUS. – Oui, et la muraille aussi.

BOTTOM. – Non, je puis vous l'assurer. La muraille qui séparait leurs pères est à bas. – Vous plaît-il de voir l'épilogue, ou d'entendre une danse bergamasque[1], entre deux acteurs de notre troupe ?

THÉSÉE. – Point d'épilogue, je vous prie ; car votre pièce n'a pas besoin d'apologie : ne vous excusez pas ; car lorsque tous les acteurs sont morts, il n'est pas besoin d'en blâmer aucun. Vraiment, si celui qui a composé cette pièce avait joué le rôle de Pyrame, et qu'il se fût pendu avec la jarretière de Thisbé, cela aurait fait une bien belle tragédie ; et c'en est une en vérité, et jouée avec distinction. Mais, voyons notre bergamasque : laissez là votre épilogue. *(Une danse de paysans bouffons.)* La langue de fer de minuit a prononcé douze : amants, au lit ; c'est presque l'heure des fées. Je crains bien que nous ne dormions trop tard le matin, comme nous avons veillé trop longtemps cette nuit. Cette farce grossière nous a bien trompés sur la marche pesante de la nuit. – Chers amis, allons à notre lit : en l'honneur de cette solennité, nous passerons quinze jours entiers dans les fêtes nocturnes et des divertissements nouveaux, et chaque jour amènera de nouveaux plaisirs, pour célébrer cette fête.

(Tous sortent.)

SCÈNE II
Entre PUCK.

Voici l'heure où le lion affamé rugit,
Où le loup hurle à la lune,
Tandis que le lourd laboureur ronfle
Épuisé de sa pénible tâche.
Maintenant les tisons consumés brillent dans le foyer ;
La chouette, poussant son cri sinistre,
Rappelle aux malheureux, couchés dans les douleurs,
Le souvenir d'un drap funèbre.
Voici le temps de la nuit,
Où les tombeaux, tous entr'ouverts,
Laissent échapper chacun son spectre,
Qui va errer dans les sentiers des cimetières.
Et nous, fées, qui voltigeons
Près du char de la triple Hécate,

---

1 On sait que les danses bergamasques ont eu longtemps de la réputation.

Fuyant la présence du soleil,
Et suivant l'ombre comme un songe,
Nous gambadons maintenant. Pas une souris
Ne troublera cette maison sacrée.
Je suis envoyé devant, avec un balai,
Pour balayer la poussière derrière la porte[1].

(Entrent Oberon et Titania avec leur cour.)

OBERON.

Qu'une faible lumière éclaire cette maison
Par le moyen de ce feu mourant ;
Que tous les esprits et toutes les fées
Sautent d'un pied léger, comme l'oiseau sur la branche.
Répétez après moi ce couplet :
Chantez et dansez rapidement à sa mesure.

TITANIA.

D'abord, répétez ce couplet par cœur ;
Et à chaque mot une cadence ;
Les mains enlacées, avec la grâce des fées,
Nous chanterons et nous bénirons cette demeure.

(Chant et danse[2].)

OBERON.

À présent, jusqu'à la pointe du jour,
Que chaque fée erre dans ce palais.
Nous irons au beau lit nuptial,
Et il sera béni parmi nous ;
Et la lignée qui y sera engendrée
Sera toujours heureuse.
Ces trois couples d'amants

---

1 La propreté est nécessaire pour attirer chez soi des fées propices.

2 On prétend qu'il y a ici deux couplets perdus.

William Shakespeare

Seront toujours sincères et fidèles,
Et les taches de la main de la nature
Ne se verront point sur leurs enfants.
Jamais signe, bec de lièvre, cicatrice,
Ou marque de sinistre augure, qui sont
Si pénibles à voir au jour de la nativité,
N'existeront pour leurs enfants.
Fées, dispersez-vous ;
Qu'avec la rosée des champs
Chacune voue chaque appartement
De ce palais à la douce paix,
Il subsistera toujours en sûreté,
Et le maître en sera toujours béni.
Allons, vite,
Ne tardons plus
Venez me rejoindre au point du jour.

(Oberon et Titania sortent avec leur cour.)

PUCK.

Si nous, légers fantômes, nous avons déplu,
Figurez-vous seulement (et tout sera réparé),
Que vous avez fait ici un court sommeil,
Tandis que ces visions erraient autour de vous.
Seigneurs, ne blâmez point
Ce faible et vain sujet,
Et ne le prenez que pour un songe :
Si vous faites grâce, nous corrigerons.
Et comme je suis un honnête Puck,
Si nous avons le bonheur immérité
D'échapper cette fois à la langue du serpent[1],
Nous ferons mieux avant peu,
Ou tenez Puck pour un menteur.
Ainsi ; bonne nuit à tous.
Prêtez-moi le secours de vos mains si nous sommes amis
Et Robin vous dédommagera quelque jour.

---

1 Les sifflets.

ACTE CINQUIÈME

(Il sort.)

FIN DU CINQUIÈME ET DERNIER ACTE.

ISBN : 978-1523255641

William Shakespeare

Printed in Great Britain
by Amazon

63329482R00050